ENTRE LINHAS
ADOLESCÊNCIA

Pedro Médio & Rita Doce

Telma Guimarães Castro Andrade

Suplemento de leitura

Neste livro conhecemos a história de Rita e Pedro por meio de seus respectivos diários. Rita é uma jovem universitária que, depois de brigar com o namorado, resolve passar as férias como monitora em um acampamento, o Vila Feliz. Pedro, um garoto de sétima série sem autonomia para decidir o que fazer, vê-se obrigado pelos pais a ir a esse mesmo acampamento, enquanto os dois viajam para o Nordeste.

Apesar de Rita e Pedro não parecerem muito satisfeitos com suas férias, é no Vila Feliz que eles se encontram, fazem novos amigos, descobrem amores e acabam se divertindo muito. Seu relacionamento, que começa com uma certa hostilidade, muda de rumo depois de uma inesperada aventura.

Por dentro do texto

Enredo

1. Por que Rita decide trabalhar durante as férias? Como consegue o emprego de monitora?

2. Pedro é obrigado a ir ao Vila Feliz. Quem ele convida para acompanhá-lo? Por quê?

3. Pedro e Rita imaginam um acampamento bonito, limpo e organizado – conforme a propaganda. No entanto, ao chegar, constatam que o lugar não corresponde às expectativas deles. Como reagem?

...a a amizade entre Pedro e Rita? Você concorda que ... realmente um obstáculo ao relacionamento deles?

16. C...

... Que acontecimento provoca uma aproximação entre Rita e Pedro?

Foco narrativo e personagens

6. Quem narra a história? Como é contada?

7. Em sua opinião, quais são as semelhanças entre Pedro e Rita? E as diferenças? Cite trechos da história que justifiquem sua resposta.

8. Rita e Pedro fazem muitas amizades no acampamento. Entre os novos amigos, com qual deles você se identifica mais? Por quê?

Linguagem

9. Em seu diário, Rita e Pedro criam novas palavras para expressar suas ideias, como *baby-sitiar*, *chuveirar* e *crachatar*. Que tal incluir essas palavras no dicionário? Escreva um verbete para cada uma, explicando sua "etimologia", seu significado e a classe gramatical a que pertencem, dando exemplos de frases com elas, etc. Use o dicionário como modelo para facilitar a produção de seu texto.

____

____

____

____

10. Rita e Pedro usam muitas gírias em seus textos. Como você se expressaria em linguagem mais próxima da norma culta para dizer:

a) "deprê" (p. 7): ______________________________ .
b) "tivemos um racha" (p. 15):______________________ .
c) "detonar pra valer" (p. 17): ____________________ .
d) "vou fazer a cabeça do Zeca" (p. 17):______________

____ .

e) "ele ficou danado da vida" (p. 47): ______________ .

11. Releia o capítulo 'Eu, Pedro e o lobo' e produza um breve texto em seu caderno, relatando o diálogo entre Rita e Pedro.

____

____

____

____

15. Escreva nos calendários, de forma bem resumida, o que Pedro e Rita fizeram em cada dia, e assinale aqueles que passaram juntos. Se sua resposta não couber aqui, copie os calendários em seu caderno.

Calendário de Rita

JUNHO / JULHO						
Dom.	Seg.	Ter.	Qua.	Qui.	Sex.	Sáb.
19	20	21	22	23	24	25
26	27	28	29	30	1	2
3	4	5	6	7	8	9
10	11	12	13	14	15	16
17	18	19	20	21	22	23

Calendário de Pedro

JUNHO / JULHO						
Dom.	Seg.	Ter.	Qua.	Qui.	Sex.	Sáb.
19	20	21	22	23	24	25
26	27	28	29	30	1	2
3	4	5	6	7	8	9
10	11	12	13	14	15	16
17	18	19	20	21	22	23

13ª edição

Telma Guimarães Castro Andrade

Pedro Médio & Rita Doce

ENTRE LINHAS
ADOLESCÊNCIA

Ilustrações: Sérgio Palmiro

Conforme a nova ortografia

Atual Editora

Série Entre Linhas

Editor • Henrique Félix
Assistente editorial • Jacqueline F. de Barros
Revisão • Pedro Cunha Jr. e Lilian Semenichin (coords.) / Elza Gasparotto
Célia Camargo / Renato Colombo Jr. / Cecília Kinker / Camila Santana

Gerente de arte • Nair de Medeiros Barbosa
Supervisão de arte • Marco Aurélio Sismotto
Diagramação • José Aparecido de Oliveira
Coordenação eletrônica • Silvia Regina E. Almeida
Projeto gráfico de capa e miolo • Homem de Melo & Troia Design

Suplemento de leitura e projeto de trabalho interdisciplinar • Maria Fernanda Álvares e Samantha Audi Bernardo
Preparação de textos • Shirley Gomes e Lúcia Leal Ferreira

Dados Internacionais de Catalogação na Publicação (CIP)
(Câmara Brasileira do Livro, SP, Brasil)

Andrade, Telma Guimarães Castro
Pedro Médio & Rita Doce / Telma Guimarães Castro Andrade ; ilustrações Sérgio Palmiro — 13. ed. — São Paulo : Atual, 2005. — (Entre Linhas: Adolescência)

Inclui roteiro de leitura
ISBN 978-85-357-0603-1
ISBN 978-85-357-1327-5 (professor)

1. Literatura infantojuvenil I. Palmiro, Sérgio. II. Título. III. Série.

05-4382 CDD-028.5

Índices para catálogo sistemático:

1. Literatura infantojuvenil 028.5
2. Literatura juvenil 028.5

SARAIVA S.A. Livreiros Editores
Rua Henrique Shaumann, 270 – Pinheiros
05413-010 – São Paulo – SP
Fone: (0xx11) 3613-3000
Fax: (0xx11) 3611-3308 – Fax vendas: (0xx11) 3611-3268
www.editorasaraiva.com.br

13ª edição/6ª tiragem
2013

Visite nosso *site*: www.atualeditora.com.br
Central de atendimento ao professor:
0800-0117875

Sumário

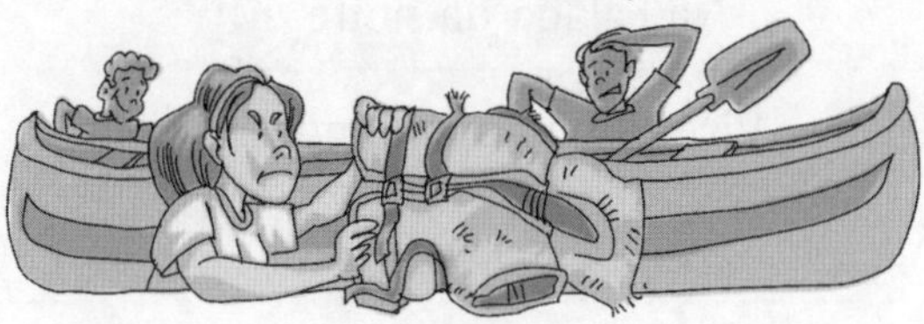

Quem diria? 7

E eu? 10

Agenciada 12

Eu, um pacote 15

Contagem regressiva 18

S.O.S. Zeca 20

Quem parte, leva... 22

Bom de bico 24

Nem tudo o que reluz é ouro 25

Sexta-feira, 1º 27

Quanto riso, ó, quanta alegria 29

Pedro & Zeca 33

Morta! 40

Caça aos monges 41

Caçada! 44

Faxina! 45

Nata... ção! 46

Na calada da noite 48

Vivendo e aprendendo 51

Quase... 55

A canoa virou... 56

"Rita-dura" 59

Filhos orelhões 61

Pedra do Grande Baú 63

A iluminada 66

Pedro-Rambo 68

Eu, Pedro e o lobo 70

Hora do rango 71

Peixes à la carte 73

Comunhão de bens 74

Pra que servem os manuais, afinal? 76

É o fim da linha! 78

De volta para casa 87

De volta pra casa... também! 90

A autora 93

Entrevista 94

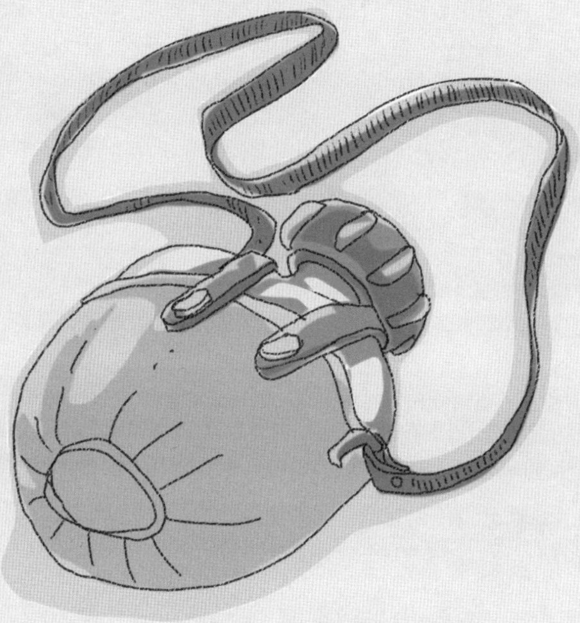

Para
Mirane Almeida Guimarães,
com o doce carinho de uma irmã.
Aos meus amigos
Otto e Marco Aurélio Teixeira Damaceno,
que "emprestaram a faca de sobrevivência"
ao Pedro desta história.

Quem diria?

Diário, diário meu,

O que foi que eu fiz? Rita, como você continua briguenta! Brigou com o Ed de novo, menina?

Acho que as férias são como uma sentença matemática: férias = briga = sem namorado = sozinha = abandonada = deprê.

Carnaval, tudo bem. Deu samba, ficamos numa boa. Acontece que, com esse negócio de o Ed ficar em São Paulo até nos fins de semana, a coisa esfriou um pouco... Pra falar a verdade, esquentou. Foi só eu dar um pulinho em Sampa, saída da faculdade, e lá estava o meu gato, grudado numa coisa magra, de corpo TV Globo, roupa branca transparentésima. Tá certo que eu estava a fim de arrasar: fui com um *jeans* todo rasgado e uma camiseta branca de matar. O casalzinho ficou super sem graça. O Ed tentou se explicar, mas ficou enroladérrimo. Um saco, diário. Um saco. Meio do ano, as férias de julho já vão começar e ele não deu nenhum sinal. Quer dizer, ele ligou aqui umas vinte vezes, mas eu havia saído. Tudo bem. Minto. Fiquei na extensão e pedi pra que a Rebeca falasse que eu tinha saído com um tal de Pedro, dono de uma agência. Ele ficou danado. Foi a última vez que ligou. Não sei por que menti, dando nome fictício, profissão mentira, idade ignorada.

E agora? Agora é que não vou ficar por aqui nesse julho inteiro, porque sei que ele vem pra cá e não quero ver esse Ed nem morto.

Mamãe acha que eu devo ir pra Santa Clara, papai acha que eu devo ir pro Rio de Janeiro. Como o Clark tá duro de aguentar e se eu ficar por aqui vou ter de "baby-sitiar" o tempo todo, estou pensando em alguma coisa que me "tire desse mapa" e que me dê alguma grana. Só não sei o quê!

Acabo de ler no caderno de Turismo que "precisa-se de jovens universitários, com pouca, muita ou mesmo nenhuma prática, para um acampamento de quinze dias no Vila Feliz, em Santa Rita do Lago, para organizar jogos com crianças e adolescentes. Maiores informações pelo telefone 3354-0993. Belíssimo salário para quem está à toa...".

Será? Bem, não custa tentar. Estou à toa, na maior deprê e durésima.

Conversei com o povo na hora do jantar. Eles pareceram meio em dúvida.

– Pediu informações, Rita? – meu pai quis saber.

– Ainda não, pai.

– Vou junto! Sou candidata a pré-adolescente! – Rebeca afirmou, para o riso de todos e o meu espanto e queixo caído.

– Seria ótimo! – mamãe exclamou.

Seria melhor ainda se o Clark não tivesse devolvido toda aquela sopa de fígado no meu colo. Droga! Por que tinha aberto o meu bico? Bocona!

– Não vou dar trabalho, Rita. Eu prometo! – Rebeca levantou a mão direita, colocando-a em cima do prato como se ele fosse uma Bíblia.

– Gente, eu ainda nem telefonei para pedir informações! – reclamei, já quase desistindo de ligar.

– Pergunte se pra irmã de monitor tem desconto. – Papai sorriu.

Pronto. A palavra mágica. Desconto para a Rebeca na ida da Rita. Era só o que me faltava. Um acampamento pra trabalhar e ter de levar a irmã junto.

– Liga, liga, liga! – todos me animaram.

Eu sabia por quê. Era óbvio. Nada como se livrar de uma filha fazendo com que ela trabalhe a distância e leve, de quebra, uma outra totalmente *free* junto. Não era glorioso?

Liguei.

Nada como uma conversa ao telefone.

– Puxa, que bom você ter ligado! – uma mulher chamada Valéria exclamou. – Apesar de precisar conversar com você pessoalmente, já posso ir pegando uns dados.

– De que tipo? – perguntei.

– Calma ou do tipo "de fácil irritação"?

Preferi o "calma". Tudo bem, eu sou meio "atacadinha", mas o salário, por quinze dias, era realmente legal.

– Sono leve ou pesado?

Optei pelo levíssimo. De pesados, chegavam os meus sempre quilinhos a mais.

– Criativa?

Muito, lógico.

– Amanhã, às dez horas, espero você para um bate-papo, Rita. Traga o CPF, RG, conclusão de segundo grau, atestado de capacidade física. É "de maior" ou "de menor"?

– Dezessete e meio e já estou na faculdade. Entrei cedo na escola – respondi, ao contrário dela, que atravessou no português.

– Parabéns! Traga autorização dos pais, certo?

Amanhã iria até lá. Claro que não poderia deixar de falar que a Rebeca PRECISAVA, com todas as letras, ir junto comigo. Pediria desconto.

Quem diria? Passar uns dias num acampamento só pra fugir do Ed e ganhar uns trocados!

E eu?

Sábado, 25 de junho. 17:33 – Friozinho... na barriga!

Quando os dois disseram que iam "a sós" para Maceió, fiquei mudo. A voz tentou sair mas não consegui falar uma palavra. Apenas fiquei repetindo "Maceió?, Maceió?", com a esperança de que os dois tivessem muita pena de mim e me levassem com eles.

– Pedro, vai ser a primeira vez que saímos sozinhos!

– E ainda mais que nesse congresso a gente tem desconto. Não dá pra desperdiçar, né? – Minha mãe deu um sorriso sem remorso algum.

Tinha de ter a palavra desconto. Sempre tinha. Quando eu peço um "desconto" pra eles, eles fazem questão de não dar. Tá certo que é na nota baixa, mas já que eles são os "reis do desconto", por que não me levam junto?

– E eu, vou pra Caçapava? – perguntei.

Silêncio total.

– Não acho justo, pai. Maceió com desconto pra vocês, e o que é que sobra pra mim?

– Pedro, ainda vamos decidir. Tia Yara e tio Ricardo se ofereceram pra ficar com você, vó Luiza também. A gente decide...

– Olha aqui, Marcela – meu pai interrompeu –, leia isto aqui no jornal.

Pronto. Sempre tinha um jornal no meio da história. Por que fizeram pra mim uns pais tão "letrados"?

Me aborreci a ponto de brigar com o Meleca, que comera o meu saco de bolachas "com desconto", e estou aqui no meu quarto, danado da vida.

Pra onde será que eles vão me mandar? Podia ter uma opção c... Ou *nenhuma das anteriores*, feito prova. Não que eu não gostasse da tia Yara e do tio Ricardo, ou de ficar com meus avós lá em Caçapava... Eu até tô morto de saudade deles, do Deusdete, das Detes... Mas é que eu queria ir pra um lugar desconhecido. Eles vão pra Maceió. MA-CEI-Ó!... E eu?

Agenciada

Meu queridíssimo diário,

Depois das minhas aulas (ô segunda-feira de doer!), me armei de documentos e fui para o endereço citado no jornal.

Quase tive um ataque quando vi uma fila enorme bem à frente da agência. Fiquei mais tranquila quando soube que era uma fila para receber a aposentadoria no banco ao lado.

Subi a escadaria. Assim que cheguei no balcão, uma senhora muito simpática veio prontamente me atender.

– Sou a Rita, aquela que telefonou para saber do Vila Feliz – me apresentei.

– Ah, vamos entrando. Daqui a pouco a Suzana te entrevista, tá? Tem mais só essas seis esperando.

Não acreditei. Fila para o Vila Feliz!

Bom, já que estava ali, sentei e fiquei papeando. Descobri que uma das meninas é aluna do segundo ano de Propaganda e que uma outra é de Jornalismo. Gostei delas. Estavam no mesmo barco que eu, estavam ali pra ver se conseguiam "férias & grana". Eu, com a mínima diferença que ia ter de pedir "vaga" para irmã, mesmo não sabendo bem do que se tratava.

Quando chegou a minha vez, já estava com as costas doendo.

– Entre – a tal Suzana (pude ler numa placa) pediu.

Entrei e sentei.

Ela ficou me olhando e riu. Ri também.

– Que bom, você tem um sorriso lindo!

Fiquei com vontade de dizer "e daí?", mas agradeci.

– Rita, você tem noção de como o Vila Feliz funciona? – ela perguntou.

– Bem, já ouvi falar de acampamentos, li em livros, vi em filmes, mas nunca estive em nenhum. Acho que vocês têm trabalho o tempo todo... E é por isso que eu vim.

– Vila Feliz é um acampamento organizado, limpo, com dormitórios masculinos e femininos, separados por faixa etária. Dê uma olhada no folheto publicitário. – Ela o indicou.

– Puxa, é lindo! – exclamei com sinceridade.

O folheto se desdobrou em oito, mostrando piscinas, um lago azulzinho, um riacho com uma ponte em cima, cabana de Tarzã, bichos e aves soltas num bosque (era o que estava escrito em cima), quiosques, as imensas cabanas-dormitórios, o refeitório, o salão de TV, uma sala onde pude ler *Primeiros socorros*, uma cabana para os monitores, uma quadra de tênis, uma de basquete, um campinho pra taco, quiosque do "Bailinho", o Ponto de Encontro, que, segundo Suzana, era estritamente para monitores, e o escritório, onde Suzana ficaria.

– Vocês vão dois dias antes, para o que chamamos de "básico". As inscrições ainda estão abertas e devemos ter, por alto, oitenta inscritos, entre crianças e adolescentes. Isso, para os primeiros quinze dias; depois, para os outros quinze, parece que já estamos lotados.

Bem, diário, o papo foi longo. Conversamos sobre criatividade, disposição física, mental, jogos, entre outras coisas. Para finalizar, quando a Suzana (já íntima, sem o "dona") me aprovou (depois de conferir os meus documentos, dar um alô pra minha mãe e de confirmar meu grau universitário), "entrei de sola" com a Rebeca.

— Acho que podemos "negociar". Você paga 15% só pra dizer que não saiu totalmente de graça... Entende? Tem a alimentação, que é balanceada, e cara, você sabe.

Pronto. Rebeca estava nessa comigo. O salário era legal. Fiquei animada. Rebeca iria depois, junto com os outros (ela me explicou que sairia um grupo grande daqui da cidade e um maior de São Paulo).

Lá na antessala, descobri com a recepcionista que as minhas duas amigas também tinham sido aprovadas... Portanto, Vila Feliz, aqui vou eu!... Aliás, aqui vamos nós!

Ed, você vai ver... Terei dias gloriosos!

Eu, um pacote

Terça-feira, 28 de junho. 21:12 – Tempo sujeito a trovoadas.

Na saída da escola recebi um desses papéis bobos que a gente pega e nem lê. Eu, né? Porque, em casa de letrado e informado, até o Meleca lê o jornal "O Gato Popular" e assina a revista "Diário de um Gato".

Na hora do jantar, mamãe começou:

– Benhê, olha o que caiu da mochila do Pedro... Não é mesmo uma enorme coincidência?

– Puxa, se é! – meu pai respondeu.

Minha última nota de Matemática é que não era: um quatro e meio, por escrito, do professor Roberto. Minha mãe teria um ataque e meu pai uma "tremenda decepção".

Resolvi nem olhar o que havia caído da mochila e fui ligar pro Zeca.

– Pra onde você vai, cara? Tá brincando! Manaus? Puxa, que demais, meu! Eu? Sei lá! Tão fazendo mistério comigo. Só sei que vão pra Maceió-com-desconto-casal-universitário-fazendo-curso. Não. Pensa que eu não perguntei se tinha vaga pra filho da sétima do ensino fundamental? Eles podiam estudar meu cérebro e eu poderia até ser pago por isso! Como? Meus miolos não servem nem pro Meleca? Sei lá onde a Maristela vai passar as férias. Nós tivemos um racha... É, por causa daquele tonto do Betão. Vou ficar sem falar com ela um tempão. Ela vai ver, Zeca... Se me quiser de volta, vai ter de implorar ou se arrastar por mim, sacou?

Pô, o Zeca é um cara de sorte! Vai pra Manaus com um primo da namorada nova do pai dele... Ou será que é do namorado antigo da mãe? Ah, sei lá. O que importa é que ele vai pra um lugar legal... Enquanto eu...

22:53 – Relâmpagos.

Eu não acredito. Meus pais já tinham lido aquele papel no jornal. Acabam de me contar que vou para um A-CAM-PA-MEN-TO! O mesmo do folheto da escola. Veja só o que diz parte do infeliz:

> Viaje tranquilo. Viaje "Vila Feliz"... E, quando voltar... SURPRESA! Seu(Sua) filho(a), novo(a), corado(a), saudável, alegre, contente, FELIZ! Tudo sob organização da tia Suzana e de sua extraordinária equipe, qualificada e eficiente, treinada em primeiros socorros, exercícios, jogos lúdicos, campeonatos entre equipes, brincadeiras saudáveis, passeios inesquecíveis... E, o que é também importante: num local feito especialmente para isso, muito verde, ar puro, contato total com a natureza!
>
> Viaje tranquilo... Deixe seu(sua) filho(a) conosco e... Viaje "Vila Feliz".

– Vocês não perguntaram se quero ir ou não! – gritei.

– Mas, filho, esse acampamento é ótimo! Tiramos todas as informações... Achamos que você gostaria...

– "Vila Feliz"! Vocês acham que um lugar com esse nome pode ser bom? No mínimo acordam a gente às quatro da madruga ao som de corneta, botam a gente pra fazer o próprio café da manhã, fazer o próprio almoço, lavar a louça, arrumar, lavar, passar...

– Passar? – os dois estranharam.

– Sei lá! Qualquer coisa dessas... Aposto que deram desconto pra filho de universitário em viagem universitária! – gritei.

Pela cara dos dois eu tinha acertado na mosca!

Eu não acredito! "Vila Feliz". E sem a Maristela! Como vou sobreviver?

Fui para o quarto ligar para o Zeca de novo. Estou completamente danado com a ditadura nesta casa.

Droga. Só dava ocupado.

Vou ser motivo de piada na escola.

– Pedro, para onde você foi?

– Para o "Vila Feliz"!

– E "Volte Contente"?

Risos.

É horrível pensar que vou ser um bebê paparicado por essas musculosas metidas a sabichonas. É, essas monitoras. Já ouvi falar delas. Ficam falando o tempo todo:

"– Vem cá, gracinha..."

Talvez a partir de amanhã eu comece a passar mal. Quem sabe o Zeca me empresta a caxumba dele...

Não. A caxumba dele foi há vinte dias. Precisava de uma doença contagiosa mais recente.

Quem sabe o Zeca desiste de ir pra Manaus. Posso mostrar o papel do Vila Feliz pra ele. Ele pode pensar que lá vai ter um montão de gatas, vamos assaltar a despensa, namorar adoidado... Detonar pra valer! É isso! Vou fazer a cabeça do Zeca, ou não me chamo Pedro.

Contagem regressiva

Diário,

Meu quarto parece que não vai sobreviver a esse terremoto. Estou olhando a lista de roupas que tenho de levar para o Vila Feliz, já arrumei a mala vinte e oito vezes e desarrumei vinte e sete. Esse item "roupa de guerra" é intrigante. Não me falaram em uma nova guerra. Vou levar um repelente. Não. Dois. Sabe como é, sou daquelas que um pernilongo indica ao outro como CEPP – Carne Especial Para Pernilongos. Algumas folhas sulfite, envelopes, selos (caso eu vá até a cidade mais próxima), canetas, agenda, grampos, xampus, sabonetes, condicionador, filtro solar, viseira, creme hidratante, óculos escuros, pijama pra frio, pijama pra calor, absorventes, curativos, remédio pra dor de cabeça, cólica, dor de dentes, escova de cabelos, elásticos, escova de dentes, pasta de dentes, três pares de tênis, seis pares de meias, oito bermudas, oito camisetas, nove calcinhas, cinco moletons, três *leggings*, um roupão, três maiôs, um manual sobre picadas e mordidas em geral, um manual de salvamento prático e primeiros socorros, uma lanterna, alguns remedinhos mais, uma caixa de fósforos, um pretinho para um baile, uma sandalinha, um sapatinho, uma meia-calça, um batom, cinco sacos de lixo para sei-lá-o-quê, meu travesseiro (não sobrevivo sem ele), cartões telefônicos, um manual de jogos pedagógicos da mamãe (nunca se sabe), três sutiãs, uma canga, máquina fotográfica, filmes, alguns livros, duas revistas de palavras cruzadas, secador de cabelos... Que mais mesmo? Ah, uns trocados. Posso precisar, né?

– Rita!

Eu sabia. Excesso de bagagem. Ou eu levava tudo ou não ia.

– Como, não vou? – perguntei.

– Rita, pra que tudo isso? – minha mãe se assustou.

– Vão arrumar um ônibus só para a sua bagagem, filha – meu pai reclamou.

– E eu, vou quando? – Rebeca quis saber.

– Dia 2 de julho, cedinho, no ônibus, junto com a guia – expliquei.

– Se o Ed ligar, eu falo que você está com o tal de Pedro? – ela cochichou no meu ouvido.

Mamãe e papai ficaram nos olhando.

– Pode falar – eu concordei.

Dane-se. Ele que se lixasse. Aposto que ia ficar pensando em mim e no tal do Pedro. Ele nunca iria me achar no Vila Feliz.

Acho que vai funcionar feito terapia pra mim: cansar o corpo, trabalhar, cansar o corpo, ocupar a mente e pronto. Os problemas iriam para o brejo, já bem seco de carinhos, e eu voltaria nova... em folha.

Renata telefonou. Disse que até ela tem vontade de ir, mas que vai "precisar" ir para Campos do Jordão. Chato, né?

Rô também ligou. Me desejou boa sorte e me mandou um beijo via telefone.

Vou dormir. Amanhã saio cedo e ainda quero dar uma "curtidinha" no Clark, que não para de berrar. Também, ele não tem nem quatro meses!

S.O.S. Zeca

Quarta-feira, 29 de junho. 20:56 – Tempo medíocre.

Boletim idem.

– Pai, acho que você vai me dar um castigo. Tá aqui meu boletim – fui me apresentando ao pelotão de fuzilamento.

Meu pai deu uma espiada, passou pra minha mãe. Meleca deu uma conferida. Até o gato tá mais em alta do que eu aqui em casa.

Pronto. Viagem cortada.

– Tudo bem, eu vou entender. Castigo, né?

– Não, filho. – Minha mãe abanou a cabeça, com um sorriso falso nos lábios. – Essas coisas acontecem às vezes. E depois é um simples e comum quatro e meio de Matemática, mais um três medíocre em Geografia. Mês que vem você melhora.

Eu não acredito! Já não se fazem mais pais como antigamente, desses que dão castigo, mandam pro quarto, tiram as mordomias, cortam a TV, tiram as férias! Eu não vou conseguir escapar do Vila Feliz... Muito menos o Zeca.

– Zeca? Topa trocar um monte de pernilongo, mosquito, borrachudo, artigos importados bobos, desmatamento da Amazônia, papo de gringo, por um lugar cheio de gatas, comida da melhor, sem horários, muito carteado e sol quente mesmo no inverno?... Se eu tô falando sério? É lógico que tô. Amanhã cedo? Tudo bem. Passa aqui que eu te conto tudo.

Tomara que ele não tenha recebido o folheto do Vila Feliz na porta da escola.

Minha mãe disse que eu "parto" dia dois, bem cedinho. Disse que vai sair um ônibus lotado lá da agência. Vou ficar de olho na mala que ela disse que vai fazer. Disse que tem de seguir o "enxoval" indicado pelo Vila Feliz. Eu tô que nem posso ouvir falar nesse nome.

Quem parte, leva...

Querido diário,

Uma mala enorme e um monte de saudades do Ed.

Minha mãe pediu mil vezes pra que me cuidasse, telefonasse a cobrar, as coisas de sempre, você sabe. Meu pai pediu (lógico) que fotografasse algumas coisas interessantes da flora e da fauna locais. Clark estava muito fofo num macacãozinho vermelho. Fiquei com remorso de reclamar do choro escandaloso dele... Agora estava tão quietinho!

Rebeca estava impossível. Ficou pendurada no meu pescoço um tempão.

Nem parecia que a gente ia se ver loguinho, loguinho.

Assim que entrei no ônibus, procurei pelas outras duas meninas. Soube que uma havia desistido. Sobrara então a Débora, do Jornalismo; me sentei ao lado dela.

– Animada? – perguntei.

– Nem sei, Rita. Sabe aquela do "entrei de gaiato no navio"? A própria. Realmente tô precisando de grana. Ela tá curta. Pelo menos a gente acaba se distraindo um pouco.

Antes de o ônibus sair, minha família fez questão de dar mil tchaus para que todo mundo visse que eles me amam... Principalmente quando a filha leva uma outra filha pequena, quase que de graça.

Bem, a escolha foi minha. Não posso reclamar.

Três horas e meia naquele "projeto de projeto de ônibus" e eu já ia pular a janela. Não sei por que as pessoas resolvem usar o toalete assim que o ônibus pega a estrada. Depois de meia hora, o que acontece? Toalete interditado, completamente. Abri bem a minha janela pra que um ar fresco entrasse. Ele bem que entrou, mas se misturava com o ar do banheiro.

Débora me contou que mora numa república e que não quis ir de férias para a casa dos pais dela porque eles vivem brigando. Quinze dias seriam uma boa desculpa para ficar menos tempo com os pais.

Ela está sem namorado. Contei um pouco de minhas brigas com o Ed pra ela. Acho que vamos ter muito o que conversar à noite no acampamento "Viva de qualquer jeito nessas férias para passar logo o tempo".

Bom de bico

Quinta-feira, 30 de junho. 17:54 – Nuvens boas.

Último dia de aula. Pra falar a verdade, foi mais enrolação de professor, pai indo conversar com o orientador pedagógico, mãe descabelada com a coordenadora pedagógica.

Maristela deixou o seguinte bilhete na minha carteira:

> *Pedro, estou saindo de férias.*
> *Quando voltar, precisamos conversar.*
> @/\ + # * /\%!
>
> *Maristela*

Bilhete enigmático. Só faltava essa. Eu e o Zeca passamos a tarde toda tentando decifrar o bilhete sem sucesso. Já que não deu em nada, consegui convencer o Zeca a dar uma olhada na propaganda colorida do Vila Feliz.

– "Vila Feliz"? É uma piada, Pedro?

– Zeca, o pessoal que foi pra lá no ano passado detonou. Gatas e mais gatas. O que você prefere? Viajar com um cara que você mal conhece ou aproveitar as férias com o seu melhor amigo?

Zeca ficou de falar com o pai e com a mãe, separadamente, lógico. Ficou de me dar a resposta mais à noite.

Enquanto isso, vou fazendo a minha mala, porque a que minha mãe tentou fazer (com os pijamas-promoções) eu já tratei de desmanchar.

Nem tudo o que reluz é ouro

Querido diário,

Acabo de chegar aqui no Vila Feliz e descobri que somos apenas seis monitores para cuidar das oitenta crianças e adolescentes que vão chegar daqui a um dia e meio!

Fui logo falar com a Suzana, que já estava nos esperando no escritório, perguntar se era verdade, e ela, na maior cara de pau, disse que "daríamos conta do recado". Perguntei se nos ônibus das crianças não viriam os outros futuros sobreviventes e ela disse que em cada ônibus vinha um sócio da "empresa" mais um faxineiro ou cozinheiro. Bom, não? Quem iria cozinhar até lá, então? Acredite se quiser, diário... Ela olhou pra mim e riu, dizendo que a despensa já estava cheia de latas (tudo muito saudável) e que a "Maria Lataria" já estava a postos.

Demorei a adivinhar por que seria "Maria Lataria"... Mas logo acabei descobrindo.

Bem, o lugar não é tão maravilhoso quanto parece! Faltam azulejos nas piscinas, talvez um pouco mais de cloro para tirar o verde-bandeira da água, não há rede nas cestas de basquete, falta rede na quadra de tênis, a cabana do Tarzã parece que é a da Chita e de alguns poucos macacos velhos. O bosque se resume nuns poucos eucaliptos e pinheiros. Procurei pelos bichos, aves silvestres, mas tudo o que vi foi um casal de pardais saindo da casinha do Tarzã. Achei bom fotografar os remanescentes da "floresta". Meu pai ficaria penalizado.

Estou no "meu quarto" agora. Débora está desarrumando as malas dela numa boa. Está achando tudo divertido. Disse que não se importa com as falhas, que isso é sempre previsível.

Quero ver se ajeito minhas roupas nesse armário de alvenaria que já deve ter visto dias melhores.

Acaba de chegar a terceira garota. O nome dela é Denise. Parece antipática.

Quase hora do almoço. Vamos nos encontrar com a Suzana e os três rapazes no Ponto de Encontro dos monitores. Precisamos organizar os jogos, bolar as atividades.

Quem sabe de tarde dê pra pegar um solzinho ralo na piscina esverdeada sem cloro. Ó dor!

Sexta-feira, 1º

Sexta-feira, 1º de julho. 13:46 – Tempo mais pra Maceió do que pra Vila Feliz.

Faltou só o três pra virar sexta-feira 13. A sorte é que o Zeca (parece) está convencendo os pais dele (em separado) a trocar os pernilongos da Amazônia pelos pernilongos de Vila Feliz.

Olha só o que coloquei na mala: quatro cuecas sem furos, quatro bermudas pretas, quatro camisetas pretas, quatro camisetas brancas velhas, dois bonés, quatro pares de meias, dois pares de tênis, uma "legítima" havaiana falsificada, um pijama pro frio, outro pro calor; dois livros de piadas, baralho, uma escova de dentes nova (para escovar melhor o aparelho), uma escova de cabelo, um desodorante (será que preciso mesmo?), um perfuminho, sabonete, papel higiênico (quatro rolos no mínimo, é o que diz a lista "feliz")... Nossa!, fita-crepe, durex, boia (caso não saiba nadar), AAS infantil (como, se eu já cresci?), duas pastas de dentes, cobertor, lençol, duas toalhas de banho, travesseiro... Tá parecendo lista de maternal. Só falta pedir um copo plástico!... Copo plástico individual... Pra quê?

Parece até que vou para um berçário. Ah, mas eles me pagam. Eles vão ver o que vou aprontar nesse acampamento. Tudo porque querem se livrar do seu filho único!

Telefone.

Rá-rá-rá! Zeca conseguiu!

– *Urrrrrraaaaaaaaaaaa!*

– Pedro, o que é isso? – minha mãe veio perguntar.

– É, o que é isso, filho? – meu pai repetiu feito papagaio.

Eles estão até parecendo gêmeos!

– Ih, que saco! O Zeca conseguiu uma vaga no acampamento. Queria ir sozinho, sem nenhum carinha conhecido!

– Ah, filho, mas o Zeca é uma companhia legal!

– Ah, filho, o Zeca é tão legal!

Não falei? Depois de um certo tempo casados, viram gêmeos.

Fiz o possível para ficar com cara de chateado. Sabe como é que é, se seus pais desconfiam que seu amigo vai te acompanhar num lugar onde vocês planejam "aprontar", você dança. Eles vão fazer de tudo pra mudar de opinião a respeito desse lugar "maravilhoso".

22:12

Acabo de esconder num fundo falso da mala a minha faca de sobrevivência C-10. Ganhei do meu pai hoje à noite quando fomos ao *shopping*. Fiz o maior barulho quando vi a faca. Ele não queria que eu comprasse. O vendedor mostrou o que a faca tem de diferente e meu pai só topou quando jurei (mas de dedos cruzados) que eu não ia levar a faca para o acampamento... Só porque ele quer! Ela é própria para adolescentes em acampamentos!... Principalmente se estiverem perdidos! Rá-rá-rá-rá!

Quanto riso, ó, quanta alegria

Diário,

É sério. Pelo menos hoje, me diverti muito.

Fomos conhecer os meninos. Vítor, Marco e Beto. O Vítor é de Educação Física, o Marco faz Psicologia, e o Beto, Veterinária. São três armários! Fortes, ombros largos, enormes, musculosos, bronzeados, in-te-li-gen-tes! Não é possível! Devem ter algum defeito sério.

A Denise e a Débora assopraram no meu ouvido: eu fico com o Vítor (Denise); o Marco é meu (Débora)...

Terrível! Homens-objeto. Tudo bem, se tiver de rolar algum papo mais legalzinho, tem de ser com o Beto, o que não era assim tão armário. Digamos que ele não é de cinema como os outros dois... É de TV.

Suzana apresentou a gente pra eles. Depois de conversarmos sobre futilidades (o que fazemos, de onde viemos, etc.,

etc., etc.), fomos para a cozinha. Foi aí que a Suzana nos apresentou a "Maria Lataria".

Magrinha, cabelo espetado, um laço de filó na cabeça, por cima da touca de cozinheira, ela foi logo perguntando:

– O que é que cêis querem comer?

Bom, quem ia resolver e fazer era ela... Pelo menos foi isso que eu pensei.

– Sabe por causa de quê? – ela continuou. – É que eu adoro fazer as coisas de lata. São gostosas! Olha o que tem de lataria que a dona Suzana comprou pra esperar os encapetados.

Socorro! Encapetados? Foi o que ela disse? Foi.

Resolvemos espiar a despensa e entramos na dela: três latas de feijoada e arroz branco.

Comemos até! Pelo que vi, Maria Lataria era uma Maria Rapidinha. Fez uma farofa, pra acompanhar, que estava demais!

Tivemos um tempo para descansar da viagem e mais um tempo na piscina para um bate-papo.

– Faz tempo que você não toma sol? – o Beto perguntou pra mim, me olhando de cima a baixo.

– E dá tempo? – respondi. – Pra falar a verdade, não gosto muito de sol. Tenho um pouco de sardas aqui no colo, tá vendo?

– São lindas essas sardas!

Ai, Benedito! Ali só faltava um coquetel de frutas e um som pra aumentar o clima.

– Olha o coquetel de frutas para os novos monitores! – avisou um moço muito simpático, que soubemos ser o Tito, responsável pelo barzinho. – Espera aí que tô ligando o som!

Pronto. Coquetel de frutas, som e um armário de TV ali do meu lado. Onde estaria o Ed?

O papo rolou até as quatro horas. De faculdade a cinema, de briga de namorados a tipo de música, de autor a atriz, de pato pra ganso... Até que a Suzana, praga, chegou com uma pilha de jogos, sugestões, etc., etc., etc.

Deveríamos tomar uma chuveirada rápida, vestir a camiseta do Vila Feliz (droga, não tinha tamanho EG pra mim... Só para os armários) e ir para a sala de TV.

Chuveiramos, perfumamos, fofocamos e fomos felizes e contentes para a sala de TV.

Todos acomodados, Suzana começou:

– Sem TV. Quebrou e achamos mais "instrutivo" ficarmos sem ela. Pessoal, o negócio é o seguinte: vocês acordam às seis e meia (olhares de susto), tomam o café na cozinha junto com os empregados (para não sujar o refeitório). Às sete horas vocês voltam para acordar as crianças.

Voltam?

Voltam. É, porque cada um de nós dormiria num quarto de cada "dez, quinze crianças". Suzana talvez ficasse em um também, e Tito, do barzinho, em outro. Portanto, éramos oito, divididos em oito dormitórios. Homem com homem, mulher com mulher, faca sem ponta, galinha sem pé.

– Pra que serve o nosso dormitório, então?

– Pra vocês terem um minutinho de privacidade, tomarem banho separado das crianças e dos adolescentes, guardarem suas roupas.

Amanhã então chegariam as pestes de 8 a 14 anos.

Armamos as nossas "estratégias" de recepção. Denise, Vítor e Marco já tinham experiências anteriores. Tinham levado alguns livros com brincadeiras. Fui buscar o meu no quarto também. Acabamos nos divertindo com as atividades recreativas.

Às oito horas, morrendo de fome, fomos até a cozinha fazer um espaguete. Grude foi pouco. Quando Lataria nos flagrou bagunçando a sua cozinha, deu risada com aquele seu dente antes só do que desacompanhado por inteiro e perguntou se queríamos um queijo quente. Queríamos, lógico. Uns vinte deles.

Da cozinha fomos para a piscina. Como estava frio, fui até o quarto buscar um moletom. Quando ia voltando, trombei com o Beto.

– Multada!

– Sem grana, seu guarda!

– A multa vai ser aplicada de qualquer jeito... Não conhece as regras?

– Tudo bem, divido o chocolate... – Tirei meu tablete do bolso da frente do moletom.

Acho que ele ficou decepcionado... Mas não muito, porque realmente dividimos o chocolate.

Ficamos, nós seis, até uma da manhã no papo e no som.

Puxa, diário, meu armário toca violão! E é o má-xi-mo! Tocou olhando pra mim! A Denise disse que, lógico, ele olharia pra quem? Para o Tito? Para o guarda-sol?

Ficou um clima... Nossa!

Ed, meu filho, paciência. A carne é fraca, e você andou aprontando. Mas como eu queria que fosse você que estivesse ali cantando pra mim.

Fomos "tocados" para o quarto. Amanhã é dia de trabalho. As coisinhas chegam, assim como Rebeca, que está entre elas.

Hoje, dormiremos aqui, nós três juntas. Suzana fica do lado do escritório, até que chegue a tropa de choque.

Droga! Devia ter trazido meu próprio lençol. Este aqui parece uma lixa grossa, e o cobertor, garanto que é o de casa, de passar roupa, que veio voando atrás de mim. Ainda bem que trouxe minha toalha de banho.

Não consigo me ajeitar sem meu travesseiro. Acabei esquecendo em casa. Saudades do Ed! Hum, mas o Beto é um gato!

As meninas não param de fofocar. Pelo jeito, vamos ter grandes paixões aqui... Estamos todas de coração arrebentado!

P.S.: Denise não é tão antipática. Pra falar a verdade, é um doce!

Pedro & Zeca

Sábado, 2 de julho. 9:32 – Sol na cara.

Mala refeita. Minha mãe tirou umas coisas, colocou outras, botou grana pra emergência, deixou o telefone do Grand Hotel Maceió.

Na hora de entrar no ônibus, a dona dizia pra gente:

– Comportados, comportados!...

Parecíamos crianças do jardim de infância.

Enquanto minha mãe fingia que chorava, entrei em choque: bebês de 8, 9, 10 e 11 anos estavam a bordo.

Zeca já me beliscou três vezes dizendo que eu sou o responsável pela sua mudança de roteiro e que, se algo de diferente não acontecer nesse acampamento, ele tratará de fazer com que "eu" fique diferente.

Alguma coisa me diz que algo vai dar errado. O ônibus é um daqueles pré-históricos, desses de filme antigo da TV, as criancinhas estão enjoadas, a dona do ônibus é uma chata, e o Zeca caiu no meu colo e está babando na minha única bermuda nova.

Quando voltar desse acampamento, vou pedir desquite de pais como um menino americano fez.

Vou estar magro como um retirante, e eles serão os responsáveis por tudo o que acontecer a partir deste momento.

Assino embaixo para que esta página do meu diário possa virar um documento com validade.

O dedo do Zeca, que está sujo de tinta (tudo bem, a caneta vazou e eu lambuzei o dedo dele com a tinta para que ele pudesse carimbar este documento), fica carimbado aqui no canto, para "dar fé".

minha assinatura

impressão digital do Zeca

VILA FELIZ, 2 DE JULHO (AINDA). 23:03
(Não dá pra ver o tempo porque estou escondido no banheiro para poder escrever, droga!)

Cara, o acampamento não tem nem um pingo da beleza que aparece na foto.

Assim que chegamos (oito crianças tiveram ânsia e doze vomitaram de verdade), fomos "crachatados" por uma mulher chamada Suzana, que não parou de nos chamar de "gracinhas".

Apresentou a gente para os monitores, umas espécies de coitados bobos da corte, que ficaram tentando fazer piadinhas com a gente. Os mais novos acharam graça e morreram de rir. Eu e o Zeca ficamos mudos.

Os nomes dos "instrutores": Beto, Marco e Vítor, Débora, Denise e... Ah, sei lá. A outra é meio bronqueada. Não gostou quando falei "aquela gordinha ali chama como?".

Chuta quantos da nossa idade por aqui: dez! Cinco meninas de 14 e cinco idiotas de 13... Sendo que eu e o Zeca somos parte dos idiotas.

Os instrutores nos levaram para os "chalés-dormitórios" (bom, eles não passam de quartos). Se exército for assim, quero inventar uma desculpa antecipada por quatro anos. Será que usar óculos, ter aparelho e ser meio baixinho ainda serve? O fato de agora ser médio me livraria? (Cresci alguns centímetros, cara!)

Dez em cada chalé!... E nem ao menos os mais velhos com os mais velhos! Tudo misturado. Crianças de 11 dormindo com marmanjo de 13! É mole?

Resolvi invocar com a "cheinha".

– Sem o Zeca, meu amigo, eu nem abro a mala.

– Qual o seu nome, meu bem?

– Tente adivinhar!

– Hum... Pedro.

– Como é que você acertou?

– Tá escrito no crachá!

Espertinha.

– Vamos ser razoáveis: você fica com o seu amigo Zeca, que já está até mais entrosado com o pessoal do que você, e faz uma cara mais alegre, tá?

– Hum!

Mostrei a língua.

Pra minha surpresa, ela mostrou a dela também e ainda deu risada. Será que não tem medo de ser despedida? É, porque aqui eu estou pagando.

Ficamos... Eu, o Zeca e mais oito moleques de 10 e 11 anos. Somos os mais velhos.

A espertinha disse que quem vai dormir com a gente (tem essa ainda!) é o Beto.

No chalé número três (o nosso é o quatro), ficou um tal de Miguel, que tem 13 anos, e mais nove crianças, entre 9 e 10 anos. Fiquei terrivelmente penalizado com a situação dele. O instrutor que vai dormir com eles, vigiando-os o tempo todo, é um sujeito enorme chamado Vítor.

No de número dois, um cara que o pessoal já conhece há tempos (é freguês) – o Nelsão – com mais nove "acompanhantes" de 9 e 10 anos. O "vigia" responsável pela "ordem e manutenção" do quarto é o Marco.

No um, um tal Magrão, com nove bebezinhos de 8. Quem fica com eles é o Tito, um magrelinho que não tem dois dentes na frente.

Do outro lado, ficam os chalés "femininos". No cinco, bem na nossa frente, tem a Andrea (14 anos, sardenta), a Tuca (14 anos, linda de matar) e mais oito meninas de 10 e 11 anos... Com exceção de uma bebezinha de uns 8, chamada Rebeca. É irmã da "chata". A chata vai dormir com elas, bem na frente do nosso chalé.

No de número seis, a Soninha e mais nove meninas de 10 e 11 anos. A Denise vai dormir com elas.

No sete, a Bete e mais nove criancinhas de 9 anos. Coitada! A Débora, a mais simpática, é que vai ficar na tocaia.

No oito, a Bina (não consegui descobrir o nome verdadeiro dela) e os bebezinhos de 8, mais a dona Suzana, que não sei se é a dona ou a gerente deste treco aqui.

Decoro fácil, né? Tá, tá bom, tô com o papel na mão. Quando a gente chegou, já tava tudo marcado... A não ser eu e o Zeca, que pedimos "transferência".

Depois que arrumamos (eu empaçoquei) as nossas coisas no quarto (aqui são cinco beliches mais a caminha furreca do instrutor), tocou um sino, desses de igreja. Soube que é o sinal para que a gente se reúna no tal Ponto de Encontro.

Lá, em grupos, fomos fazer um "reconhecimento" de área. Considerações gerais sobre o que vi:

1) piscinas um pouco sujas para o meu bico; banheiros com chuveiros a serem testados depois;
2) lago meio desfalcado de patos; a canoa não é muito confiável;
3) faltam redes nos aros das tabelas na quadra de basquete, que é completamente descoberta;
4) falta rede na quadra de tênis;
5) um lugar pra jogar taco igual a outro qualquer;
6) parece faltarem animais no tal "bosque com animais";
7) cabana do Tarzã-sofrido; ponte do rio "Quicai"; cipó esfiapado em árvore velha, seca e torta;
8) quiosque do Bailinho: construção sólida, estilosa, do início do século, banheiros impecáveis. Por enquanto, único lugar sem defeito;
9) Ponto de Encontro dos coiós-de-mola. A entrada é proibida;
10) barzinho com porcariadas que adoro! Não deu pra ver a validade dos supérfluos, mas traço tudo do jeito que estiver, válido ou não;
11) salão de TV! Esse, parece ótimo. Há duas mesas de pingue-pongue, perto dos sofás, que parecem estar em ótimo estado;
12) refeitório: só o nome já doeu. E o cheiro? Deviam estar fazendo sopa para o almoço e canja para o jantar.

Ficamos por ali. Os instrutores dividiram a gente em grupos, por idade — ainda bem —, já que estava na hora do almoço. Espaguete que vem picado não é o meu forte. A sobremesa, pelo menos, foi razoável: gelatina de limão. Que bela recepção!

E tudo de bandejão. Algumas crianças comeram aquele grude como se fosse camarão com catupiry.

Acredita que não servem refrigerantes? Sucos naturais... De limão ou maracujá!

Depois do almoço, as crianças foram com os instrutores brincar de qualquer coisa tipo "massinha" e nós, os maiores, fomos para um campeonato de pingue-pongue.

Jogamos em duplas. A chata da Rita me botou junto com a Bina. Perdemos todas. Queria escolher meu par, mas ela disse que da próxima eu escolheria, que todo mundo tinha de ficar entrosado.

Torneio de tênis. O Beto joga bem. Gostei desse cara. Joguei com ele. Ele me ensinou algumas regras.

Fiquei com fome e com sede rapidamente. Fui até o bar comprar refrigerante e salgadinho. Fiquei mais "sustentado". Joguei tanto tênis que, quando vi, era hora do banho. Eu não acreditei. Só faltava cantar "É hora do banho, que hora mais feliz...", como no maternal.

Dois banheiros pra dez! É mole? E o Beto gritando: rápido, sem demorar! Tem gente na fila!

Tomei um "entrei-saí" e caprichei no perfume. Apostei uma grana com o Zeca que de noite ia rolar umas "ficadas" com as mais velhas, ou na piscina, ou no salão de TV. Quem sabe até no Bailinho!

Perdi. Ganhei na aposta da "canja" com torradas no jantar e perdi na das "ficadas".

Bingo no salão de TV.

Para os menores, dominó.

Ganhei "de prenda" um ovo de chocolate provavelmente vencido, já que a Páscoa passou faz tempo.

Consegui ser divertido com a Tuca. Zeca grudou na Andrea.

Dez e meia e o sino tocou. Cara, você pode acreditar nisso? Toque de recolher! Pais, vocês vão me pagar por isso! Eu prometo com todas as letras!

Viemos para o quarto. O Beto até que topou a guerra de travesseiros, mas, quando começou a voar pena de ganso pra cá e quadradinhos de espuma pra lá, ele achou melhor acabar com a farra.

– Nem um som?

– É, um *heavy*!

– Amanhã, tá? Hoje eu tô morto!

– Nem uma luzinha de abajur? Tenho medo do escuro! – gritei assim que todo mundo já estava quieto.

– Dorme!

Pronto. Aqui tô eu no banheiro, sem sono e com raiva de ter de ir pra cama cedo.

E não é que minha mãe mandou um pijama amarelo listrado de preto-liquidação?

Morta!

Diário,

Estou morta! E danada com um moleque que parece que vai dar trabalho. É metido a espertinho e a piadas bobas. O nome dele é Pedro. Logo de cara já me chamou de "cheinha"... E perto do Beto!

Nem deu tempo hoje para uns "lances" legais, a não ser na hora do almoço. O Beto ficou conhecendo minha irmã, Rebeca, uma peste, que ficou grudada nele. Você não acredita! Ele chamou minha irmã de "cunhadinha". Fiquei irritada na hora, porque o Ed nunca falou assim com a Rebeca. Ele mal fala com ela! Aí fiquei "enjoada" do Beto. O porquê eu nem sei. Mas foi só na hora do almoço. O macarrão estava indecente.

Estou tão quebrada que nem consigo escrever.

As meninas deste chalé são uns doces. A Tuca quis por toda lei que eu dormisse no beliche dela. Imagine se a Suzana fica sabendo! Ela disse que tem muito pernilongo no quarto e que há teias de aranha que caem da cama da Andrea, que está na parte de cima do beliche.

Se você visse como são desorganizadas! Pedi pra que lavassem as calcinhas no banho. É mais higiênico do que guardá-las sujas por duas semanas. Algumas resmungaram, é mole?

Amanhã vou conversar com a Suzana sobre esse horário. Todos reclamaram. É muito cedo. Podíamos pelo menos ficar lá fora, papeando. O que haveria de mal?

Estou ouvindo barulho de pernilongo.

Preciso parar de escrever. Acontece que oitenta por cento deste chalé-dormitório-quarto-sei-lá tem diário... E, como eu, estão todas escrevendo. Até a Rebeca, que acabou ficando com a gente!

Caça aos monges

Domingo, 3 de julho. 23:57 – Tempo de pernilongos.

Falei com meus pais hoje, a cobrar, Vila Feliz *to* Maceió.

Eles acordam quando querem, enquanto eu fui acordado pela "corneta" dos monitores às sete da manhã, com um tempo máximo de vinte minutos para lavar o rosto, escovar os dentes, pentear os cabelos, fazer minhas "necessidades" (falando assim pareço o Meleca), arrumar a cama e enfiar a minha roupa no armário. Cara, ainda bem que eu não estou escalado para limpar o banheiro hoje (tem essa, ainda!). A gente paga e ainda tem de limpar!

Mamãe contou que comeu camarão na moranga, enquanto aqui tivemos um delicioso "picadinho com abóbora". Gostaria de encontrar o nutricionista citado no folheto explicativo e aplicar-lhe um golpe de caratê.

Quase não respondi às perguntas dos dois (me irritei com o miado de um gato... Se for o Meleca, prendo meus pais por trocarem filho por gato, a não ser que gato de professor tenha desconto em viagem!).

Tivemos um café delicioso, apesar de ter sentido gosto de soja no "achocolatado".

Enquanto tirávamos a mesa do café (virei um empregado), vi que os monitores-instrutores – ainda não sei como chamar esses caras – já estavam com as tarefas na mão.

Denise, Marco e Vítor foram com os chatinhos. Rita, Débora e Beto ficaram com a gente no taco e no biribol, intercalados.

De tarde tivemos queimada e caça ao tesouro.

Você nem imagina as besteiras que eu e o Zeca fizemos. Quando a gente pegava uma pista, saía correndo sem esperar pra decifrar. Mesmo assim, o nosso grupo ganhou. Sem querer, lógico, pulei no pescoço da Tuca pra comemorar e abracei aquela Rita boba, que me aplaudiu. De quebra ela deu chocolate pra gente. Grande coisa!

Depois do jantar (uma joça), fui até o barzinho pra comprar algum "disfarça-fome". Fechado. Ou come o suficiente ou fica sem nada.

Caça aos monges à noite. Acabou agora há pouco.

Os monitores se esconderam formando um M, longe da gente. Eram cinco. Pegamos nossas lanternas e, quando a gente encontrava um monge escondido, perguntava pra ele:

– Honorável monge, por acaso o senhor tem a pista número um?

O monge respondia:

– Não sei. Só se vocês fizerem esta tarefa.

E dava uma tarefa. Imagina qual foi: trocar os tênis uns com os outros. Só que, depois da tarefa, a tal Rita disse que não tinha essa pista que a gente pediu, que era a de número um. Fomos procurar outro monge. Imagina a tarefa: tirar uma lasca de unha do pé do Beto... E ele também não tinha pista. Quando conseguimos a pista número um (cara, tivemos de passar batom!), partimos para a pista número dois. O Miguel estava de doer. Suava tanto quando corria que a gente nem aguentava ficar perto dele. Descobrimos que também estávamos fedidos. O Nelsão e o Magrão deram o "toque".

A corneta tocou. Pelo menos a gente teve tempo de acabar a caça aos monges. Quebramos uma regra. A caça aos monges acabou às 23:30.

Enquanto estou aqui no banheiro escrevendo, ouço os passos do caça-sonâmbulos. É o Tito, aposto. Ele fica passeando de vez em quando para pegar os que saem dormindo. Quero ver se um dia eu e o Zeca damos o golpe do sonâmbulo e conseguimos chegar até o chalé da Tuca e da Andrea. Aposto que aquela Rita vai estragar tudo.

Estou morto de sono.

Caçada!

Querido diário,

Você acredita que enquanto escrevo em "você", a Rebeca está escrevendo no diário dela?

Hoje, na caça aos monges, quase morri de tanto rir. Uma das tarefas pedidas aos meninos foi uma lasca da unha do pé do Beto. Foi a maior dificuldade, diário! Descobrimos que ele come a unha do pé! Não com a boca, claro, mas ele arranca com as mãos. Os meninos acharam o máximo, e nós também! Quando foi a vez dele, imagine a tarefa que ele pediu para os meninos: que levassem "bobes", touca de banho e chinelo de quarto (um *kit* "moça"). Quase tive um ataque quando vi meu chinelo de quarto na mão do Zeca. O pior é que é da minha mãe, com direito a babadinho e fita! Um horror! Um vexame total!

Enquanto estou aqui pensando no dia gostoso que a gente teve (com exceção de alguns comentários do Pedro e do suor do Miguel), imagino o que o Ed deve estar fazendo com aquela loira.

Bom, pode fazer o que quiser, porque eu não estou fazendo absolutamente nada com o Beto e estou achando ótimo ter esse pessoal como amigo. Principalmente "esse pessoal"!

Amanhã é outro dia. Depois do café quero ver como vai ser nossa programação. Preciso também conversar com a Rebeca, ver se ela está se enturmando!... Preciso... Deve estar se enturmando! Eu nem a vi hoje! Ou será que vi?

Faxina!

Segunda, 4 de julho. 8:38 – Desinfeta!

É incrível. Depois de ser acordado pela “corneta”, e de um café sem-vergonha, estou aqui fazendo faxina no nosso banheiro.

O que eu faço com essa escova pontuda? Nojo de enfiar ela na privada! Chamar isso de vaso sanitário é elogio! Acho que se eu fechar os olhos e tapar a respiração a operação é mais rápida. Droga! Enfiei a mão na água antes de jogar esse balde de desinfetante.

Cara, o pano de chão tá cheio de cabelo. Eu é que não ponho a mão nele pra tirar esses cabelos. Devem ser do Tampa, que usa rabo de cavalo saindo pelo boné... que não tira nem pra dormir!

Porcaria de vassoura! Solta pelo! Já não se fazem vassouras com bom pelo como antigamente. O que será que o pessoal está fazendo? Tô ouvindo um barulhão! Ouvi dizer que vai ter excursão até a Pedra do Grande Baú.

Tchau!

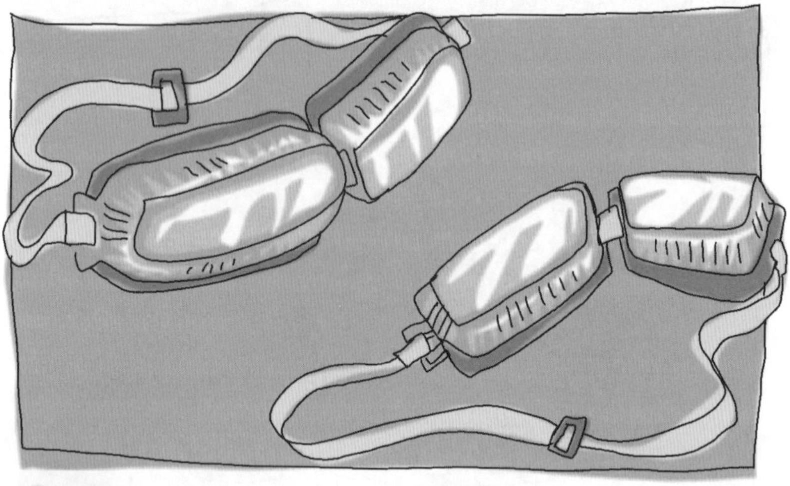

Nata... ção!

Puxa! Foi uma luta dividir todo esse pessoal hoje. Acabamos decidindo por natação de manhã, depois do handebol. O tempo esquentou, fez sol e a gente vestiu o maiô.

Nossa, o Beto de sunga é o máximo! Infelizmente não pude trocar muitos comentários com as meninas porque os meninos estavam de olho. Quando digo meninos, me refiro aos nossos rapazes (mas nem sempre).

No grupo de 8 a 10 anos, medalha para a Rebeca, que por sinal tá em todas, para o Valtinho e a Márcia Cruz (porque tem a Márcia Zolt). No de 11 a 13, para o Magrão, a Mari e a Nana. No grupo de 14, já que eram os mais velhos e em menor número, só deu a Soninha, medalha de ouro. Conseguimos alguns prêmios de consolação, mas o pessoal não gostou muito das medalhas. Com razão. Havia outros nomes gravados. Eram medalhas "esquecidas" pelos acampados "esquecidos" de anos passados.

Andei vendo a Beth e a Bina de rolo com o Vítor e o Marco. Nossa, eles são bem mais velhos do que elas!

Você não acredita! Levei o maior caldo do Beto. Ele acabou acreditando que tinha me afogado e me puxou pra fora da água. Quando ele ameaçou um boca a boca, abri os olhos e avisei:

– Mentirinha!

Ele ficou danado da vida!

No jantar ele cochichou que eu podia pelo menos ter fingido que estava afogada. Ele queria tanto um beijinho!

Já tínhamos passado pela queimada, caça à irmã desaparecida, bronca em alguns fugitivos e queimada à tarde, quando, depois do pedido de beijinho no jantar, pintou um lance.

Seguinte: estávamos tocando violão à beira da piscina, vento soprando, friozinho arrepiando, quando comentei que achava que um dos meninos estava uma graça passando a mão no cabelo de uma das meninas (o Zeca com a Andrea). A Débora e o Vítor tocavam e nós cantávamos... quando sinto a mão do Beto no meu cabelo.

– Preferia dar um beijo de surpresa, mas vou pedir...

Eu dei. De leve, mas dei. Fechei os olhos, pensei no Ed e mandei bala. Estava bom e não era do Ed.

– Preferia um beijo *crown*. – Ele riu, meio desapontado.

– Esse eu não conheço. Esse tipo "livre" não serviu?

– Rita, você estraga tudo quando fala desse jeito, sabia? Um beijo não tem de servir... Tem de ser bom, entende?

A corneta tocou.

– Fomos gongados! – Ele levantou e assobiou para o pessoal do seu chalé.

E lá fomos nós para o quarto e aqui estou eu com raiva de mim. Será que o Ed tem razão quando diz que eu preciso largar de ter "senso de humor" no meio de beijo?

Minha primeira "ficada" no acampamento e eu tinha estragado tudo!

Na calada da noite

Terça, 5 de julho. 3:37 – Escuro.

Cara, o Tampa é demais! Apostou comigo e com o Zeca que ia se fazer de sonâmbulo pra chegar até o dormitório das meninas. Esperou todo mundo dormir, inclusive o Beto, que é o que leva mais tempo.

Abriu a porta bem devagarinho e saiu com os braços esticados. Fomos atrás. Você acredita que um sonâmbulo verdadeiro possa sair de braços esticados?

Ele foi, de pijama e tudo, reto em direção ao dormitório da Tuca. Acontece que a irmã da Rita, a tal Rebeca, também é sonâmbula porque estava andando de camisola perto do nosso dormitório. Os dois quase trombaram.

O "catador" de sonâmbulos apareceu do nada. Esse cara deve ter um radar pra pegar sonâmbulos. E não é que ele levou o Tampa de volta para o dormitório e trancou por fora? Ficamos ao "relento" espiando pra ver o que ia acontecer com a menina "perdida na noite". Ele levou a garota de volta ao dormitório e também trancou por fora.

Voltamos para o nosso chalé e batemos devagarinho na porta. Do devagarinho (já que não abria), passamos ao mais forte. Do mais forte, passamos a esmurrar. O Beto abriu e perguntou como tínhamos ficado pra fora.

Acabamos contando da aposta, já que o Tampa não parava de rir e uns quatro meninos tinham acordado.

– Melhor não apostar de novo, mas que ele ganhou, ganhou. – O Beto riu.

Grande cara, o Beto.

22:56

Esse Beto não é um cara sensível. Espírito de competição, de aposta, pra ele não conta. Ficamos nós três de "castigo", responsáveis pela limpeza do quarto e pela faxina do banheiro.

Será que contei que o dia foi legal? Tivemos "canibal". Eu nem sabia o que era. Os monitores explicaram. Depois teve vôlei. Cara, arrasei no vôlei.

Sentei junto com a Tuca no almoço, se é que aquilo era almoço.

Ela está na oitava série e mora na Vila Mariana. Ela está aqui porque seus pais estão pensando em se separar, e, enquanto pensam, ela fica aqui.

Não tem muita lógica no que ela disse. Talvez esse Vila Feliz seja um lugar para depósito de filhos de pais pré-separados. Ela entende de tudo. Acho que é porque lê muito jornal e revista.

Não para um minuto, corre pra cá, corre pra lá, joga tênis, vôlei, nada, é uma verdadeira "faz-tudo". Gosto de gente assim.

Depois do vôlei, ela se pendurou no meu pescoço e disse:

– Vamos brincar de namorar?

– Vamos! – respondi, animado.

– É assim – ela começou. – Você me pede primeiro.

– Pede o quê?

– Pra namorar.

– Tá bom. Quer namorar comigo?

– Não sei... Preciso de um tempo pra pensar.

– Mas você não falou que era pra pedir?

– Falei. Mas não disse que ia aceitar.

– Então eu não teria pedido.

– Mas é só uma brincadeira... Eu perguntei se você queria brincar de namorar!

– E eu topei!

– Tá bom. Então você começa. Você pergunta pra mim: vamos brincar de namorar?

– Não, não pergunto.

– Por quê?

– Porque não gosto de brincar de namorar. Gosto de namorar.

– Por quê?

– Porque sim.

– Porque sim não é resposta.

– É lógico que é.

– Eu não acho.

– Conversa boba, né?

– É.

– Olha lá! Parece que tem gente que não tá brincando de namorar!

– Quem?

– O teu amigo e a minha amiga.

Zeca bandido. Por isso nem falou comigo hoje.

– Não é uma boa ideia?

– Qual?

– Esquece!

Meninas. São muito esquisitas. Principalmente as da Vila Mariana! O que eu estou dizendo? É a primeira "Vila Mariana" que eu conheço!

Vivendo e aprendendo

Querido diário,

Rebeca me aprontou uma ontem à noite. Estava demorando. Mamãe já tinha me avisado de que ela é sonâmbula. Sério. Ela abriu a porta e saiu. A sorte é que meu sono é leve e que o seu João "Sonâmbulo" estava fazendo a ronda. Adivinha! Três meninos do dormitório do Beto também estavam "sonambulizando" por aí. Resultado: tarefas a cumprir.

O Beto exagerou. Acho que não precisava tanto. Apesar disso, eles puderam participar do "canibal" e do vôlei.

Eu não sabia como era esse jogo "canibal". O Beto explicou. A gente precisou se esconder entre as "inúmeras árvores", com potes de tinta na mão. Quando a moçada achava a gente por entre as árvores para pedir tinta verde, amarela e vermelha para colocar no rosto (eram cores que eles precisavam para colorir o rosto e chegar até a ponte), eles perguntavam:

– Você tem a tinta que eu preciso?

A gente respondia que sim e colocava um risco de tinta na cara deles, pedindo pra que fechassem os olhos.

Quando eles estavam correndo dos outros canibais (os soltos, que não ficavam escondidos nas árvores) pra poder chegar até a ponte, eram pegos por nós. Daí era aquela farra: a gente tacava tinta preta no rosto deles e eles tinham que começar tudo de novo. Aquele que conseguisse chegar com tinta verde, amarela e vermelha (o que era pura sorte) até a ponte vencia o jogo.

Amanhã, decidimos que vamos fazer canoagem no lago mesmo. Tá certo que as canoas estão meio precárias, mas acho que com os coletes salva-vidas tudo se arranja.

Tivemos uma reunião noturna no Ponto de Encontro, com direito a uma garrafa de vinho e queijo.

A Suzana e o Tito ficaram lá com a gente. Jogamos baralho até tarde. É lógico que fomos pra lá depois de verificar se as "crianças" estavam dormindo realmente.

Eu e o Vítor ganhamos no "mau-mau".

As meninas ficaram meio enciumadas, sabe como é que é...

O Marco e a Débora mais brigaram do que conversaram. Quando começa assim, já sabe!... Agora o Vítor e a Denise, depois do jogo, ficaram só no abraça aqui, abraça ali.

Descobri que a Suzana tem marido. Descobri, não. Ela me contou. Ele ficou trabalhando na agência de São Paulo, que está dando "meio pra trás".

O Tito é casado com a Antônia, que trabalha na faxina geral. A gente só se cruzou duas vezes, acho. Não dá tempo, né?

Hoje falamos com mamãe e papai. Rebeca disse "oi e tchau" e saiu correndo. Mamãe disse que o Ed ligou e deixou recado na secretária eletrônica. Pedi pra que ela dissesse letra por letra. Foi algo do tipo:

"Rita, estou de passagem por aqui. Daqui a alguns dias vou viajar. A Rebeca me disse que você viajou com o Pedro. Quando eu voltar, a gente se fala. Tchau".

O Beto me pegou de surpresa enquanto eu pensava nisso.

– Conta pra mim?

– Ih, não vale a pena! Prefiro que você me conte no que estava pensando no jogo...

– Também não vale a pena!... Mas nós valemos, não é?

– A noite tá bonita!

– Tá com frio?

– Tô!

– Pega meu moletom...

– E você?

– Tenho outro por baixo!

– Prevenido!

– Nem tanto.

– Por quê?

– Não tomei vacina contra amor de férias!

Eu ri.

Saímos para uma volta perto do lago. Ele passou a mão no meu ombro e eu deixei. Precisava acabar com a mania de que outra pessoa sem ser o Ed ia tirar pedaço de mim.

Sentamos num dos bancos. Ele me puxou e ficou me olhando.

– Acho você...

Droga. Se ele falasse divertida, ia estragar tudo. Estava tentando ser séria há um tempão! Se dissesse "Rita, você-é-um-doce", ia ficar parecendo um amigo e nada mais...

– Uma menina muito bacana!

Bacana? Só? Que saco!

A careta que eu fiz deve ter sido horrível (tinha um poste de luz bem em cima da gente!) porque ele tentou consertar:

– E gostosinha também!

Dei um salto.

– Puxa, esperava outro adjetivo!

– Desculpe.

Era meia-noite e o encanto havia entrado pelo ralo. Acho que eu sou prima-irmã da Cinderela. Só faltava ele dizer que eu era uma “abóbora”.

– Acho que não fui muito feliz. Vou começar de novo.

Tentei ficar quieta.

– Rita, eu tô gostando de você.

Nem um pouco feliz. Presente contínuo não era uma boa ideia, definitivamente. Custava conjugar o verbo gostar no presente simples?

Fiquei com cara de tonta. Foi aí que ele chegou mais perto e me beijou.

Beijou, beijou, beijou. Fiquei com a boca até adormecida. Pra ser sincera, beijei também, beijei também, beijei também.

Foi bom... Só que senti gosto de café. Quando beijava o Ed sentia outro gosto. Do quê, eu não sei, mas de café não era.

No último beijo tive um acesso de riso.

– Que foi? Tá engraçado?

– Você não ouviu?

– O quê?

O gritinho da Débora por ali, em algum lugar.

“Ai, Marco, tira essa mão boba daí. Tá pensando o quê, cara?”

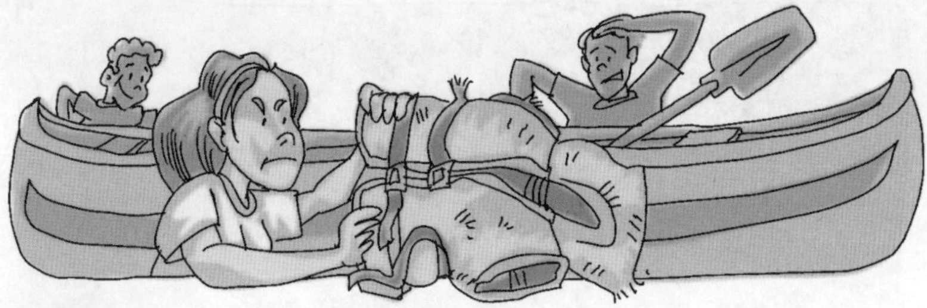

Quase...

Diário querido,

Ainda estou tremendo... De raiva. Acredita que uma canoa virou? Eu falei, eu avisei a Suzana que aquilo não era canoa que prestasse. Também saquei logo aqueles salva-vidas "vencidos", mas não teve jeito. A molecada, que já tinha sido avisada de que ia ter canoagem, queria porque queria entrar nas canoas. Resolvemos, então, que os salva-vidas melhorzinhos ficariam com os menores. Achei que era loucura os menores entrarem, mas não teve jeito também. Eles berraram tão alto que desistimos. Não deu outra. A canoa virou com vários dentro. O Beto e o Vítor pularam para ajudar os que estavam boiando. Afogar, eles não iam, porque os salva-vidas deles estavam em ordem. Assustei porque vi um outro pulando à toa, para (acho) ajudar a pegar as crianças. Depois que rodei a minha baiana com a Suzana (acho que exagerei – peguei a mulher pela gola da blusa) foi que vi que era o Pedro que tinha pulado no lago.

Gente, que perigo! Afinal, somos responsáveis por todos os que estão aqui. Já pensou se acontece alguma coisa? Ia sobrar, ah, se ia!

Já sei o que vou fazer. Vou até o dormitório do Pedro levar um chocolate pra ele, coitado. Parece que pegou uma supergripe. Aproveito e passo uma bronca. Onde já se viu pular à toa?

A canoa virou...

Sexta, 8 de julho. 24:00 – Ainda com frio... na barriga!

Canoagem ontem.

Acredita que a canoa do Miguel e da Beth virou com mais três dentro? Foi o maior corre-corre. Tinha uma garota de 10 anos junto e um moleque de 11, mais a Suzana.

A nossa canoa estava bem atrás. A gente quis pular, mas o Beto não deixou. Ele e o Vítor pularam e desviraram a canoa, colocando todos de volta lá dentro. O problema é que alguns dos salva-vidas estavam vencidos (eles têm validade e os monitores haviam checado), só que na hora do "vamos ver", acabamos usando os vencidos porque deixamos os novos para os menores.

A Suzana ficou preocupada porque, lógico, a "responsa" dos salva-vidas é dela... Cara, onde já se viu não trocar os salva-vidas? Ela pode levar uma multa lascada. Podem até lacrar o Vila Feliz, que passará a ser "Morra Afogado", como disse a Rita. Pô, a Rita ficou nervosa!... Botou a mão na cintura e foi logo falando:

– Eu não disse que era melhor nem entrar nas canoas com salva-vidas vencidos? Acontece que você teimou, né, Suzana? Ou você compra novos pra substituir esses ou eu aviso a Marinha.

Será que a Rita pensa que esse lago é um oceano? Vai ver ela também detesta Geografia, e tudo que for maior que uma banheira cheia d'água pra ela vira mar.

A menina de 10 – Tininha – e o moleque de 11 – Gugu – não sabiam nadar direito. Pra puxar de volta não foi fácil.

Acabei desobedecendo e pulei. Tive até torcida animada. Consegui resgatar um remo e uma tiara de menina.

Agora tô aqui, de molho. Peguei um baita dum resfriado... Atchim... Com direito a febre, frio, tremores, dor no corpo, coriza (é assim que se fala?) e a uma visita (estava com "aquele" pijama!) da Tuca. A sorte é que me embrulhei na manta de franja.

Fui superpaparicado. Trouxeram chá, aspirina, bolachas, termômetro, bolo de chocolate, antibiótico, chocolate, sopa de tudo quanto é jeito.

O Beto disse que ontem eu falei durante o sono. "Maristela, Tela, Tela..."

– Você estava com febre alta! Quem é "Tela"? É a sua namorada? – ele me perguntou agora há pouco.

– Hum... Sei lá!

– Nas férias a gente nunca sabe, né?

– Por que será? – perguntei.

– A gente acaba conhecendo outras meninas, né?

– Você tá de rolo com a Rita?

– Tá dando na cara?

– Mais ou menos...

– Tá todo mundo meio de rolo, né?

– O Zeca, por exemplo... Atchim... Tá a fim da Andrea... Até voltar pra São Paulo...

– É, até a gente voltar pra São Paulo. – Ele riu.

Cara, sabe que ficar na cama não é tão ruim? Estava sentindo falta de paparicação.

Parece que estou aprendendo a levar a vida de forma diferente. Será que é tão ruim limpar banheiro? O Grandão foi o escalado pra limpar o banheiro hoje. E não é que o bicho assobiou enquanto fazia a faxina? Minha mãe diz que "quem canta seus males espanta". Talvez ela tenha razão.

Zeca está sendo um amigão. Trouxe um chocolate quente pra mim. Outras pessoas vieram me visitar, incluindo os "afogados". Só eu peguei gripe.

A Suzana disse que se eu comesse mais verduras talvez fosse mais imunizado. Vou acabar ficando imune até a banho, já que tomei dois caldos "esverdeados" hoje.

Sábado, 9 de julho. 23:55 – Garoa.

Sabe que a ameaça da "Rita-atacada" deu certo?

O Beto acaba de me contar que o "Vila Feliz quase afogado" recebeu noventa salva-vidas novinhos.

"Rita-dura"

Diário,

Sem o querido, porque hoje fiquei atacadérrima.

A Suzana, desde que eu falei que se ela não trocasse os salva-vidas vencidos eu ia dedar para a Marinha, passou a me podar.

Fiquei danada da vida. Puxa, "quem não tem competência, não se estabelece", é o ditado preferido do meu pai. Já pensou se uma das crianças se afogasse? Lago é uma coisa perigosa... Você não sabe o que tem no fundo, se tem correnteza. Quando leio nos jornais as notícias sobre afogamento, me dá um tremendo nó na garganta. Normalmente as pessoas morrem afogadas em lagoas, lagos, represas. Em rio e mar, é um pouco mais difícil. Acontece com as pessoas que são imprudentes, não sabem nadar.

Eu sei que fui meio grossa. Botei a mão na cintura e mandei bala, gritando pra que todo mundo ouvisse. Afinal, quando ela me entrevistou, uma das coisas que perguntou foi se eu era "responsável"... E ela não estava sendo, por simples medida de economia. Se acontece alguma coisa, como é que a gente fica?

Bom, ontem ela despencou mais de noventa salva-vidas novos em folha na frente de todo mundo. Só faltou uma banda pra tocar e uma placa comemorativa.

— Quero que vejam que estou pensando na segurança de vocês. Eu nem precisava trocar os salva-vidas, porque na realidade, depois da data de validade, eles ainda têm um tempo de duração. Meses, até! Mas achei melhor trocar para que seus pais vejam que o Vila Feliz prima pela segurança de seus "acampados". Certo?

Errado. As canoas estavam bem fraquinhas. Não aguentariam mais uma leva de oitenta crianças para a próxima temporada.

O Beto pareceu ler meus pensamentos.

— Suzana, as canoas também não são seguras!

— Também acho! — a Denise topou a parada.

— Péssimo estado! — o Vítor continuou.

Pronto. A Débora e o Marco aproveitaram e desceram o pau nas canoas. A única boa era a que devia "posar" para as fotos do anúncio e que não podia ser usada para não "estragar".

— Eu posso dar uma ajeitada nelas, dona Suzana — o seu Manuel jardineiro ofereceu. — Só que a senhora paga os extras, né?

Hum, que cara! Ela não teve saída nem entrada.

Achei bacana o respaldo do povo. Uma coisa unida era sempre melhor do que atos isolados.

Se eu voltar aqui no ano que vem (nossa, já estou pensando em voltar!), quero só ver se as coisas vão estar mais em ordem do que agora! Promessa é dívida, ora!

Filhos orelhões

Domingo, 10 de julho. 23:51 – Frio de doer e de rachar o beiço.

Fila nos orelhões. Fiquei bem atrás do Zeca. Primeiro ele falou com o pai dele e a namorada antiga do pai (qual delas, eu não sei); depois falou com a mãe dele (a verdadeira), que estava numa pior sem o último marido (quase morri de rir quando o Zeca disse pra ela não ficar chateada, porque com aquela cor nova de cabelo ela iria arrumar pelo menos mais oito maridos novos e voltar com um desses namorados-maridos antigos). Ele não reclamou de limpar banheiro! O Zeca está mudado! Aceita tudo! Até se diverte ao limpar o banheiro!

Fiquei só de olho na conversa da Rebeca, irmã da Rita... Não tinha o que fazer mesmo! Ela falou com os pais. A Rebeca disse pra mãe que está detestando faxinar banheiro (ela é das minhas!) e que achou o banho de cachoeira muito frio (hoje tivemos banho de cachoeira... Eu berrei como o Tarzã. As meninas também e idem os monitores).

Na minha vez (tudo a cobrar, lógico), reclamei de tudo um pouco: muito frio de manhã e à noite; o corneteiro acorda a gente muito cedo. Bailinho só teve um... (daqui a pouco eu conto!); a comida é indecente. É duro ter pais sinceros. Veja só: "É, o sol é quente, a areia limpa, o mar é tão transparente que até dá pra ver o pé, além dos peixes, claro! Curso? Ah, a gente tem faltado um pouco... Sabe como é que é... Estamos como em lua de mel. Não, foi impressão. Deixamos o Meleca com a dona Sônia. A comida? Bem, realmente as lagostas são deliciosas e os sucos no café da manhã... Tem uns que a gente nunca ouviu falar...".

Quase perguntei pra eles se já haviam ouvido falar de suco de limão no café da manhã num acampamento chamado Vila

Feliz, mas resolvi não ser tão chato. Achei melhor não contar esse detalhe.

Cara, o baile foi legal demais. Dancei junto, separado, agarrado, longe, mais ou menos perto. Dancei com baixa, média, grande. Dancei tudo quanto foi tipo de música. A Suzana tem um som bem grande que ela chama de "vitrola" e uma porção de discos velhos. Acho que o mais novo era dos Beatles.

Dancei com a Tuca. Enquanto a gente dançava, descobri que o perfume dela não é tão bom quanto o perfume da Tela. Ela também tem mais saliências, acho. Quando a gente agarra bem apertado, dá pra sentir. Conversamos pouco pra não atrapalhar os passos.

Teve um concurso de *funk*. O grupo do Magrão ganhou.

Também dancei com a Beth. Achei ela legal pra caramba, mas um pouco fresca... Dá pra entender? Tudo pra ela é *shopping*, porque no Morumbi, porque na Disney, porque aquela marca, porque eu quero. Cara, será que eu sou assim também? Vou prestar mais atenção.

Também dancei com a Bina. Sabe o nome verdadeiro dela? Setembrina.

Pô, coitada da menina! Acho que eu pediria divórcio dos meus pais se eu me chamasse "Agostino". Ela disse que se deu esse apelido pra melhorar um pouco. Pediu que eu não espalhasse pra ninguém. Ela mora no Sumaré e está na oitava série.

Os monitores fizeram umas brincadeiras com a gente... De luz apagada, trocando os pares. Sabe com quem eu caí? Com o Zeca!

Pedra do Grande Baú

Sexta-feira, 15 de julho. 14:34 – Frio.

Na segunda tivemos um passeio a cavalo.

Na terça, os grupos com menos de 11 anos foram para um passeio nas cachoeiras supergeladas que ficam perto da pedra. Nós, os acima de 11, fomos para a Pedra do Grande Baú.

Ouvimos as instruções do Beto, da Denise e da Rita. Cada um arrumou sua mochila nas costas. Imagine se não peguei a minha faca de sobrevivência!

Foi difícil encontrar o caminho pra subir. A gente teve de dar a volta na pedra pra achar os lugares onde ficam os ganchos pra segurar.

Dá pra ir a pé do acompanhamento até a pedra. A gente foi cantando, paquerando, fazendo brincadeiras.

Subimos a pedra. Meu, maior emoção! De lá a gente viu todo o acampamento. Demoramos uma hora pra subir. É um tipo duma escada. A Rita, o Beto e a Denise é que levaram o lanche.

Ficamos lá a tarde toda, tiramos fotos. O Zeca tirou uma foto minha com a Tuca... O maior abraço! Aquele pôr do sol legalzão! O Zeca todo caído pelas meninas. O Magrão, o Miguel e o Nelsão também ficaram só namorando, aquele clima, sabe?

Tomamos o lanche (alguns sanduíches "naturebas" e suco) e ainda ficamos com fome.

Na volta, um grupo quis voltar pelas cachoeiras e o outro pelo pasto. Já estava ficando meio tarde.

A Rita tropeçou numa pedra e torceu o pé. Como eu tava meio cansado, parei pra descansar e dar uma mão pra ela.

Você nem vai acreditar! Um lobo bacana apareceu e ficou olhando a gente. Eu nem acreditei. Aquele povo estava onde? Puxa, iam perder essa cena inédita! "Pedro e o Lobo". Não era demais?

Falei pra Rita que a gente tinha de tirar uma foto do lobo. Ela achou que já era tarde e que o pessoal já estava muito na frente. Insisti. Fomos. Eu, correndo atrás do lobo com a máquina fotográfica na mão, e a Rita, mancando.

Lobo danado. Lobo de canela fina corre muito. Acabamos correndo muito também. Pra falar a verdade, a Rita mais mancava que corria.

Acabamos nos distanciando. Foi ela quem percebeu.

– Pedro, tá ficando escuro! Cadê esse lobo maldito?

– Sei lá! Tô procurando a saída desse mato aqui... O lobo sumiu faz tempo!

– Tá escuro!

– É, agora que cê falou, percebi!

– Não tem uma placa nesse matagal aqui!

– Você chama isso de matagal? Pra mim é floresta!

Embrenhados completamente... E, o que era pior, perdidos! Puxa, podia estar perdido com a Tela ou mesmo com a Tuca. Mas estava perdido com a Rita!

– Pedro, senta um pouco. Meu pé tá doendo. Precisamos colocar a cabeça no lugar.

Sentei... num monte de formigas lava-pé!

Gritei tão alto que se alguém estivesse por perto teria nos socorrido. Nada. Estávamos perdidos, e, o que era pior, eu estava mordido.

– Tenho uma maletinha de primeiros socorros – ela anunciou, como se fosse o "Van Damme" de saia.

– E eu tenho isto aqui! – Mostrei pra ela.

Ela gritou.

– O que você vai fazer com essa faca?

– Essa é uma faca de sobrevivência, sabia?

– Isso é sobrevivência, meu amigo. – Ela mostrou dois sanduíches tirados da sua mochila.

Puxa, até que ela não era tão burra assim.

Arrumamos um lugar para sentar (sem formigas) e comemos os sanduíches.

– Tem água? – perguntei, com medo de uma resposta negativa.

– Um cantil cheio... Os outros cantis ficaram com o Beto e a Denise.

– E eles? Será que já notaram nossa falta?

– Lógico!

– Sei não... Eles tavam meio agarrados lá em cima da pedra...

– É? – Ela fez uma careta.

– Infelizmente! – concordei.

– Não gostava mesmo dele.

– Cê gosta de um tal de Ed, né?

– Como é que você sabe?

– Essas coisas correm por aí! – respondi.

Não só eu, mas duzentos por cento do acampamento sabia!

Cara, que situação! Queria estar em outro lugar!

A iluminada

Querido diário,

Não, você não vai acreditar! Algumas coisas só acontecem comigo! Fomos passear na Pedra do Grande Baú. Adivinha o que aconteceu? Fiquei perdida no mato... Com o Pedro. Tudo por causa de um tropeção que levei e por causa de um projeto de lobo que o Pedro cismou em fotografar. Pelo menos vou ter fotos de meio ambiente para mostrar para o papai.

Perdida com o Pedro e a sua maravilhosa "faca de sobrevivência". Sabe o que eu acho? Que sou até mais prevenida do que ele. Diário, eu tinha uma lanterna comigo. Tudo bem que lanterna não seja "sobrevivência", quer dizer, comida, mas que na hora do aperto ajuda, ah, isso ajuda.

Depois que ficou escuro e a gente tentava procurar um lugar mais seguro, ela valeu. O Pedro botou a mão numa coisa mole e saiu gritando:

– É uma cobra! Peguei numa cobra! E venenosa!

Focalizei a lanterna até a cobra. Nada. Fiquei preocupada enquanto ele gritava que era uma cobra grande, de uns três a quatro metros. A única coisa que vi foi um galho sem folhas, meio mole, balançando pra cá e pra lá... Como se acabasse de bater em alguém!

– Bom, agora é melhor a gente dar uma olhada por aí pra ver se acha um lugar mais seguro. Está ficando mais escuro... Ainda bem que tem a lanterna!

– Rita, você é a luz dos meus olhos! – ele brincou.

– Pois saiba que também trouxe uma mantinha. Achei que lá na pedra fosse esfriar mais.

Rita-iluminada, Rita-aquecida. Rita-prevenida. Agora, ter de dividir uma mantinha fina com ele e aguentar os pernilongos que começavam a aparecer, não ia ser mole.

Gente, que situação a nossa!

Pedro-Rambo

Sexta-feira, 15 de julho. 15:09 – Friozão.

Tentei puxar conversa. Perdido e mudo não dava.

– Será que a Tuca notou que sumimos?

– Sei não. Ela tava abraçada com o Miguel na descida da pedra.

Tudo bem. Essa era pra descontar o Beto dela.

Relógio. Saíra sem o meu. Ainda bem que tinha o da Rita. Dezoito e vinte e já estava escuro. Mais de uma hora e meia de mato, árvores altas, barulhos estranhos.

Lanterna em punho, a gente tentava achar um canto. Só que tudo era árvore alta ou uma ou outra árvore mais baixinha. Não pensei muito, não. Com aquela escuridão, sem poder gastar muita pilha, tirei a faca da mochila e comecei a cortar os galhos para que a gente pudesse passar. A faca tinha mesmo uma lâmina afiada.

Acabei me machucando pra caramba nos braços. A sorte é que o moletom protegeu um pouco. Quando consegui cortar duas árvores (tudo bem, eram arbustos), achamos um lugar que dava pra deitar e descansar. Estava cheio de folhas secas e algumas pedras grandes. Olhamos pra ver se não tinha formigas... Mas, com a lanterna, não dava pra ver muita coisa... A não ser o lobo! Desgraçado. Ele tinha ido atrás da gente até ali. Tinha até cara de fome!

Resolvi continuar a "operação faca".

Desenrosquei o cabo da faca pra procurar os palitos de fósforo.

– Droga!

– Que foi, Pedro? Nossa, quanta coisa tem aí no cabo! – ela estranhou.

– Estou procurando uns palitos de fósforo. No manual dizia que ficavam na base... Ilumina aqui pra mim.

Ela dirigiu a lanterna para a base da faca. Tirei a bússola, os anzóis, as chumbadas, o fio de aço, de náilon, a corda de náilon. Onde tinham ido parar os fósforos? Com certeza gastara todos acendendo as velas. É. Eu e o Zeca tínhamos nos enrolado com lençol e ido assustar as criancinhas do chalé da ponta. Acendemos as velas com os nossos (meus) palitos da faca de sobrevivência. E bem agora nessa emergência!...

– Eu tenho palitos aqui na mochila. – Rita mostrou.

Eu nem acreditei. Cortei uns gravetos, risquei os fósforos na pedra e fizemos uma fogueira pra matar o frio. Fiquei com medo de pôr fogo na floresta, que de noite tava mais pra Mata Atlântica.

Foi uma noite de cão... E lobo! Rita gemia de dor no pé. Eu com fome, com sede, com frio, com raiva. Tudo por causa daquele lobo... Que tava deitado, bem folgado em cima de uma pedra grande!

A cada barulho que a gente ouvia, a Rita acordava.

– Pedro! O que é isso?

– Sei lá! Deve ser coruja!

– Coruja não rasteja... Pia!

– Que bicho que chacoalha?

Cobra. Nenhum de nós dormiu. Fizemos um rodízio. Ela dormia um tanto, eu acordava ela, daí eu dormia uma hora. Tudo isso com o olho no fogo pra não virar churrasquinho. Quem acordava, colocava mais gravetos para manter a fogueira acesa.

A Rita é meio dorminhoca. Sabe que quase põe fogo na gente? Eu, não. Tenho um sono leve que só vendo.

Assim fomos tocando até a manhã, mas nada de alguém aparecer.

Cara, uma situação inacreditável.

Eu, Pedro e o lobo

Meu diário querido,

Acredita que o Pedro quase deixa pegar fogo na nossa manta? Estava o maior frio, a gente dividindo a manta. Combinamos revezar um pouco durante a noite para que a fogueira não apagasse. Quando senti, de repente, um cheiro de franja de manta queimada, dei um pulo.

– Pedro, tá pegando fogo na manta! Era a sua hora de vigiar!

– Acho que cochilei...

Acendi a lanterna... Você não acredita, diário, mas quem estava mais assustado não era nem eu nem o Pedro. Era o lobo, que estava dormindo debaixo da nossa manta, do lado do Pedro.

– Pedro, tira esse lobo daqui... – eu falei por entre os dentes.

– Rita, lobo também é gente!

– Alguém já disse essa frase, só que com outro bicho...

– Não faz mal... Cachorro, lobo, não muda nada. Eles também têm frio, sabia? Larga de ser chata.

– Chata, eu? Você quase tosta a gente!

– Que nada. Eu tava acordado.

Resolvi apagar o fogo. Melhor no escuro e "crua". Não pretendia ficar "tostada" de jeito nenhum.

A manhã demorou a chegar. Achei, nessa noite, que o dia não ia amanhecer jamais.

Minha perna estava doendo e inchando cada vez mais.

Hora do rango

15:39 – Cara, que frio!

De manhã. Mal acordei e a Rita já perguntou:

– E agora? Não tenho noção de onde estamos.

Tirei o manual da faca de dentro da mochila.

– Aqui diz: “Não fica perdido quem tem a faca de sobrevivência”. Olha a bússola na base do cabo! Aqui diz que é só desenroscar da esquerda para a direita segurando pelo suporte de aço.

Rita tirou a bússola da minha mão.

– Estamos ao norte do acampamento – disse, toda séria.

– Como é que você sabe? – Fiquei intrigado.

– Tive um professor de Geografia bem chato que ensinou a gente a mexer com isso! – ela começou. – Até que agora acho que ele não era tão chato assim!

– Será que por acaso é irmão gêmeo do meu professor de Geografia? – perguntei.

Rimos.

Resolvi conferir. De repente o professor bem chato dela não era tão bom chato como o meu... que ensinou direito o norte, sul, leste, oeste. É, eram bons chatos. Sabia agora que estávamos ao norte do acampamento... E só. Ninguém procurando a gente. A mata era fechada pra caramba e a nossa fome apertava.

– Algo na mochila?

– Nada.

Começamos a andar. Procuramos por picadas, atalhos, mas nada. Tive de cortar galhos, abrir caminhos. Levamos muito tempo nessa coisa toda. Rita mancava e eu ia bem à frente.

Quando demos de cara com um riacho, nem acreditamos.

O sol estava alto. Enquanto ela aproveitava a água gelada para lavar o rosto, fiquei virando a lâmina da faca em direção ao sol. O reflexo da lâmina ia servir como espelho. O reflexo obtido com os raios de sol talvez servisse para que alguém nos localizasse.

Lavei meu rosto no riacho. Pela primeira vez, senti falta de um banho.

– Acho que devíamos almoçar por aqui, Pedro.

– Almoçar? – estranhei.

– É. Você não tem anzol, chumbadas e fio de náilon? Pegamos as minhocas, pescamos e assamos os peixes. Olha só, peixe aqui é o que não falta. São pequenos, mas matam a fome!

Bleca! Detesto minhocas. Mas fazer o quê? Dividir tarefas, acho. Dividir minhocas estava incluído?

Peixes à la carte

Querido diário,

Tive a ideia de catar minhocas pra pescar. Não pude segurar o riso. A cada vez que o Pedro tentava pegar uma minhoca, ela escapava. Nem sei quantas vezes ele reclamou das "lisguentas".

Sabe que os nossos peixes ficaram bons? Pra falar a verdade, ficaram de cinema! Comi aquilo como se estivesse num restaurante francês dos mais caros. Lambi os dedos até.

Puxa, diário, a dor na perna estava me matando. A única coisa que me distraía e me fazia parar de pensar nela era o que o Pedro aprontava. Ele mexia com o lobo (que era até simpático), tinha uns ataques de Rambo cortando uns galhos, ficava tendo ideias mirabolantes com a tal faca de sobrevivência. Acho até que se não fosse ela... E, é claro, algumas coisas que eu tinha trazido, como por exemplo um simples estojo de maquiagem.

Comunhão de bens

16:06 – Nuvens grossas.

Pela cara que eu fiz, Rita achou melhor que a gente dividisse as minhocas. Cada um de nós cavou a terra úmida com a faca. Peguei uma cacetada. Coitadas, esperneavam de dar dó (com uma perna só, claro!). Mesmo assim, eu ia enfiando no anzol. Tá certo que a Rita pegou mais minhocas que eu. Disse que está acostumada com bichos de qualquer espécie. O pai dela é veterinário. Apesar disso, acho que veterinários não criam minhocas. Conseguimos pescar quatro peixes de tamanho médio.

Fizemos uma fogueira e assamos os peixes. Ah, eu limpei os ditos-cujos para a Rita, que resolveu ter dor na perna (agora não era mais o pé).

A gente comeu os peixes como se eles fossem as lagostas que meus pais estavam comendo lá em Maceió.

Onze e meia no relógio da Rita.

O lobo estava lá, firme. Resolvemos deixar um pedaço de peixe (pequeno) para ele.

Rita resolveu empacar assim que achamos (por milagre) um atalho. Disse que a perna estava inchada.

Procurei dois pedaços de pau para fazer uma tala e não encontrei. O jeito foi serrar (no dorso da faca tem uma serra com dentes) dois paus que encontrei pelo caminho.

Rita sentou e colocou os dois paus como tala. Amarrou com esparadrapo da caixa de primeiros socorros. Com um pau que havia sobrado, fez uma bengala.

– Pronto. Acho que assim dá pra encarar! – ela falou, desanimada.

– Que horas são? – perguntei.

– Onze e meia – ela respondeu.

– Onze e meia era faz tempo!...

Relógio quebrado.

Achei que era hora de aproveitar o sol que aparecia no meio de uma ou outra árvore mais nanica e usar o brilho da lâmina da faca como espelho.

– Pra que isso, Pedro?

– Elementar, minha cara perdida. O reflexo obtido com os raios do sol serve pra que a gente sinalize a nossa localização. Pode informar nossos passos! – expliquei.

– Você não acha que o manual é exagerado? – ela perguntou.

Tudo bem, eu estava lendo o manual... Mas se não lesse não ia saber pra que serviam tantas coisas.

– Você acha que estão atrás da gente?

– Claro, Pedro! O problema é que tem um monte de lugar pra eles procurarem... Olha, já não passamos aqui antes? Esta árvore estava bem aqui agora há pouco...

O problema era esse. As árvores eram iguais.

– Bem, se estamos ao norte, vamos continuar seguindo o oposto – concluí. – Vamos deixar uns sinais nesses troncos maiores? Faço uma indicação com a ponta da faca...

– Tenho um batom aqui, Pedro... – Rita tirou um vermelhão de dentro da mochila.

As meninas e seus batons. Serviam pra lambuzar a roupa enquanto a gente dançava com elas, mas podiam funcionar numa emergência dessas.

– O que eu escrevo? – perguntei.

– Sei lá, Pedro. Peraí. Já sei! – Ela arregalou os olhos pra mim.

Esquisito. O que será que ela ia escrever na árvore?

Pra que servem os manuais, afinal?

Querido diário,

Nunca pensei que fosse usar um batom para escrever num tronco de árvore algo que não fosse Rita & Ed. Já sem saber o que fazer, que pista deixar, resolvi seguir o manual da faca de sobrevivência do Pedro.

– Olha, tá vendo aqui? – Mostrei pra ele. – Na lâmina tem uma porção de códigos gravados. Acho que esta seta ⟶ quer dizer a direção que seguimos... Tá vendo escrito em inglês aqui no manual? *Direction*. Mostra pra que lado fomos. E mais essa † (cruz) pra indicar que tem alguém doente.

– Quem?

– Eu, ora!

Depois de marcarmos algumas árvores, tropeçarmos em algumas pedras e cortarmos galhos que apareciam uns atrás dos outros à nossa frente, paramos pra descansar.

– Estou com sede – ele reclamou.

– Eu também. Aqui tem um pouco d'água – ofereci.

– Por que não me deu lá atrás quando reclamei? – ele falou, todo invocado.

– Porque senão numa emergência como esta não ia sobrar nada!

Continuamos. Ele ia na frente, com a bússola. Eu ia mancando atrás dele.

– Pedro, já passamos por aqui!

– Passamos nada... Era um outro atalho interrompido... Aqui não tem nem sinal!

– Mas tem barulho...

E tinha. Fiquei preocupada. Andamos um pouco mais rápido. Eu ia sempre deixando a marca de batom nas árvores e ele sempre procurando uma nesga de sol que desse pra fazer os sinais.

Pedro resolveu medir a elevação do horizonte. Disse que assim poderia se orientar melhor nessa "caminhada" contra a vontade.

– Conseguiu medir?

– Só a altura das árvores – ele respondeu, irritado.

O mesmo barulho.

– Alguém está nos seguindo! – cochichei.

– Nesta selva? – ele gritou.

– Psiu! Algum maníaco, sei lá! Você não vê em filmes? Lê jornais?

– Falta de imaginação! É mais fácil seguir alguém na rua! Vão levar o que da gente, aqui neste mato?

– Quieto. Ouve...

Ouvimos. Passos. Fiquei preocupada.

Olhei em volta. Nada. Pensei em gritar. E bem alto. Alguém, na certa, escutaria.

É o fim da linha!

16:21 – Massa de ar mais frio.

Batons até que servem pra alguma coisa e não só pra lambuzar a camiseta da gente. A Rita teve uma ideia legal: usou o batom pra marcar as árvores com um código de salvamento que ela aprendeu no manual da minha faca.

Acredita que, depois que eu medi a altura das árvores-não-sei-pra-quê, ouvimos um barulho esquisito? Antes que a Rita gritasse, tapei a boca dela (como estou escrevendo no meu próprio diário de "sobrevivente", cometo o cacófato que quiser) para que o homem não caísse matando em cima da gente. Que homem? O homem que nos seguia, claro. E dos bem grandes.

Tirei o cabo da faca, que é uma proteção removível, feita em aço inox, que serviria como soco-inglês. Estava pronto para pegar o indivíduo.

Quá, quá, quá. Um soco-inglês para acertar o focinho do nosso amigo lobo, também manco. Era ele o "homem perseguidor".

– Você exagera, hein, Pedro? – Rita riu.

Pela primeira vez nós rimos. Eu ria dela, ela ria de mim, e o lobo ria da gente.

Rita descobriu (é claro que ela escondia) uma maçã ("não saio sem elas") na mochila e dividimos o "fruto proibido" descansando embaixo de uma árvore. Só podia ser! A única coisa que não faltava ali eram centenas de árvores... Bem altas, por sinal.

O sol já estava se pondo quando demos com um paredão de arbustos.

– Agora é o fim! Pra onde vamos? – Ela sentou, suspirando.

Ou eu serrava alguns arbustos espinhentos pra ver o que tinha atrás ou a gente voltava e começava tudo de novo.

Enquanto o lobo fazia companhia pra Rita, eu ia serrando os arbustos. A serra do dorso da faca era bem afiada. Acontece que, com a minha prática, levei horas cortando aqueles galhos... Até achar uma lata de guaraná!

– Rita, acende a lanterna aqui que já está ficando escuro!

Rita veio com a lanterna.

– Uma lata de guaraná! Isso quer dizer que já passou gente por aqui!

O lobo uivou, concordando.

– Ilumina lá!

– Um riacho! – ela gritou. – Com uma placa! Só que não dá pra ler!

Conseguimos passar pelo meio dos arbustos serrados. Quando chegamos no riacho, vimos a placa:

— Só? — ela perguntou.

— Só... — respondi, desanimado.

— Bom, pelo menos alguém já chegou até aqui, porque encontrou o riacho e colocou a placa. Bem animador! Melhor a gente acampar por aqui. Estou cansada, pé inchado, suja...

— E eu, tudo o que você está menos o pé inchado! — imitei.

O lobo uivou.

Enquanto a Rita puxava a manta pra se esquentar, fiquei brincando com a faca. Imagina se o raio do luar iria dar reflexo.

— Pedro, para de fazer "ar" com a faca! — Rita reclamou.

— Que ar? — perguntei.

— Esse aí...

Dei um pulo. Alguém estava mandando sinais pra nós! Alguém estava atrás de nós! Não passáramos despercebidos por esses dias todos no acampamento. Eu existia e a Rita também. Dei outro pulo e abracei o lobo. Ele também existia!

— Alô! Alô!

— Ei! Estamos aqui! — Rita gritava.

— *Auuuuuuuu*! — o lobo uivava.

Gritamos tanto que ficamos roucos. O lobo uivou tanto que ficou afônico.

Nada. Resolvemos dar uma cochilada. Aquilo podia ser o brilho de algum farol de carro lá longe refletido em não sei o quê! Embrenhados na mata daquele jeito acabaríamos sendo achados depois de comidos por alguma onça.

— Pedro, aqui não tem onça...

— Como é que você sabe?

— Bom, se tiver, do jeito que eu tô brava de ter ficado perdida, acabo virando uma e ganho a parada.

— Com essa perna?

— Bom, uma onça manca é melhor que nada!

— Rita, tive uma ideia!

– Qual?

– Amanhã, na luz do dia, você me empresta o batom que eu pinto o lobo.

– Pra quê?

– Disfarce de onça-pintada. Pode colar, né?

– Seu bobo. – Ela riu.

Apaguei a lanterna e tentei dormir.

Quando já estava pegando no sono, ela me acordou:

– Sabe que se você fosse mais velho eu me ligaria em você?

Fiquei pensando no que ela falou por alguns minutos (acho que uns quinze... Estávamos sem relógio). Quando ela já estava pegando no sono, acordei ela e falei:

– Sabe que vou querer ficar mais velho rápido pra você me namorar?

– Bobo! – Ela riu.

Não. Eu não era bobo, não. Mesmo de cabelo despenteado, o cabelo dela era brilhante. A pele macia, encostada em mim, tinha um cheiro de maçã (tudo bem, havíamos comido maçã). Até do pé inchado eu já estava gostando! O jeito como ela tinha se encolhido era gostoso. Parecia que tinha 13, 14 anos.

Acordei ela de novo.

– Você tem preconceito contra homens mais novos?

– Pedro, você só tem 13 anos!

– Faço 14 no mês que vem!

– Não, preconceito, não... Mas eu não vou pensar nisso agora!

– Por quê? Não quer enfrentar a realidade?

– Que realidade, Pedro?

– Um amor mais moço...

– Pedro, eu pensei em você como um...

– Acampado, aposto!

– Tudo bem, primeiro como um acampado...

– E depois do acampado?

– Como um perdido!

– Um perdido?

O lobo uivou. Ele também ficou chocado.

– Você pensa que não estou achando você uma graça? É o máximo com essa faca, brilhando pra cá e pra lá, fazendo sinais, pescando, afiando pedra, virando serra, soqueira, corta-arame, martelo...

– Esqueceu de dizer que ela é chave de fenda...

– Desculpe. Acontece que não tô com clima, entendeu? E depois tem a idade. Vão pensar o quê? Que eu seduzo criancinhas em acampamentos?

– Eu não quero ser isso aí não! – respondi.

– Pedro, o fato de estar perdido, ter o luar, o riacho...

– O lobo...

– Sabe que você parece comigo? – Ela riu, caindo no meu colo. – O Ed reclama que toda vez que pinta um clima romântico eu estrago com algum comentário engraçado.

– A Tela diz a mesma coisa...

– Não seria bom se a gente pudesse ser engraçado na hora que quisesse?

– Eu ia achar o máximo... Vivo fazendo isso. Não é por querer. É sem querer, mesmo.

– Pedro, se eu te desse um beijo você ia achar que eu tô ficando doida?

– Rita, se eu der primeiro e for um beijo meio bobo, você vai achar que...

Não deu pra ver nada. Bem, vi estrelas. Centenas de milhares de estrelas, planetas, asteroides. Estive em Marte, cheguei em Vênus, passei por Júpiter.

Não sei se foi um beijo curto ou comprido. Talvez tenha sido um beijinho curto e eu tenha achado que foi longo ou então foi longo e eu achei que foi muito curto.

Não abri mais os olhos. Encostei no ombro dela e dormi, feliz, achando que aquele momento ia durar pra sempre se eu ficasse de olhos fechados, ouvindo o barulho da noite.

Amanheceu. Abri um olho primeiro. Não vi o lobo por perto. Abri o outro olho.

– Rita, o lobo fugiu.

– Hã? – Ela acordou, sonolenta.

Barulho de folhas pisadas. Dei um salto quando vi...

– Suzana!

– Tito!

E mais duzentos guardas.

Tudo bem, exagero. Tinha uns quatro policiais hortoflorestais.

– Como é que nos acharam?

– Pelos sinais!

– E pelo latido do cachorro! – disse um dos policiais, ajudando a Rita a ficar em pé.

– Viram os nossos sinais ontem à noite? – perguntou um deles, enquanto pegava a Rita no colo.

Então não eram faróis de carro! O brilho da lâmina funcionou!

Bom, a partir daí viramos os "heróis perdidos na selva" do acampamento.

Caminhamos um pouco mais até chegar ao fim da mata (eu estava certo em minha direção... Aquele chato do professor de Geografia tinha me ensinado direitinho – idem para o da Rita) e entramos no jipe da polícia florestal.

Tivemos de explicar como, quando, onde, de que jeito a gente tinha se perdido do grupo.

Quando chegamos no acampamento, fomos recebidos com a maior festa. A Tuca e o Zeca me abraçaram. Ganhei beijos de toda a ala feminina do Vila Feliz.

Fiquei só de olho no Beto. Ele segurou a Rita o tempo todo. Droga, sabe que ele botou ela no carro pra ir até a cidade para imobilizar a perna? Torceu o pé mesmo!

Tomei um banho de mais de uma hora.

Cara, o almoço foi demais: salada de beterraba e chuchu, maionese com cenoura, macarronada e gelatina de sobremesa.

Tinha tanta gente a nossa volta que nem conseguimos comer. A irmã da Rita, a Rebeca, ficou o tempo todo pendurada nela. Sabe que quase nem deu pra gente conversar?

A Tuca e o Zeca pensaram que eu nunca mais ia aparecer. Estavam até rezando juntos. Fizeram uma promessa. Qual foi eu não sei.

Depois da confusão, Suzana veio conversar com a gente. A Rita já tinha voltado e estava deitada no sofá da sala de TV. Eu estava tentando chegar perto dela. Só fiquei no "tentando".

– Bom, parece que vocês fizeram um bom serviço... Já haviam até passado pelo Riacho Perdido! Estavam no finzinho da trilha velha... Mais dez minutos e já achariam uma placa indicando o acampamento, como o guarda explicou – Suzana falou. – Você, Rita, como instrutora, pôde acompanhar o Pedro, ficar junto, fazer a sua parte. Terá um extra por isso. E você, Pedro, com sua faca de sobrevivência, portou-se como um escoteiro, um bravo herói (nossa, precisava tanto?). Decidi que de agora em diante essa faca vai ser "adotada" por garotos acima de 12 anos aqui no acampamento. Não vejo a razão de contar o que aconteceu realmente com vocês para o resto da turma...

– Como assim? – Rita ficou alterada.

– Pegaria mal para o bom nome do acampamento, Rita. Alguns sabem, mas pedi segredo. Para os outros, disse que se tratava de um "simulado" para prevenir futuros incidentes...

– Eu não acredito! – reclamei.

Rita rodou a tal da baiana dela com direito a bater o tamanco. Eu engrossei a voz... Mas, quando ela disse que devolveria meu dinheiro, o meu lado financista pensou duas vezes e acabei afinando.

A Rita fez com que a Suzana concordasse em contratar mais instrutores para a próxima temporada... Seis era realmente ridículo! Esse negócio de ficar perdido podia acontecer de novo.

Bom, eu e a Rita colocamos num papel as nossas "observações" (se você quiser, pode chamar de "chantagens") para "zelar" pela segurança dos acampados:

a) a cabana do Tarzã, por exemplo, devia ficar interditada até que fosse consertada;
b) os "cipós" em volta da cabana do Tarzã deviam ser trocados, já que estavam velhos, finos e fracos;
c) a ponte precisava de melhorias;
d) cloro nas piscinas e trocar azulejos quebrados;
e) outros cinquenta e oito itens que não caberiam aqui.

Estávamos cansados, ralados, contundidos... E esquisitos. Eu e a Rita, quero dizer.

Estou acabando de arrumar a minha mala. Hoje é dia de voltar. Ainda bem que a gente se perdeu antes, já pensou?

Sei que a Rita vai em outro ônibus, já que não mora em São Paulo. Zeca andou fazendo alguns comentários idiotas a nosso respeito: "teve algum beijinho?", entre outros, impublicáveis.

Daqui a pouco vou entrar no quarto dela e colocar um bilhete em sua mochila, com o meu endereço. Sei lá... Daqui a quatro, cinco anos, se ela se sentir velha e solteirona e continuar brigada com o tal Ed, já vou ter 18, 19. Vou estar velho do jeito que ela gosta.

Alguma coisa mudou em mim. Tá certo, tem sempre alguma coisa mudando. Mas acho que ficar aqui no acampamento foi legal, perdido ou não perdido. Pensando bem, foi ótimo. Conheci um monte de gente (a Tuca é uma gata!), aprendi a comer um monte de comida que achava uma droga. Limpar banheiro continua sendo ruim, mas dê uma luva e uma escova para o super-Pedro-perdido-em-ação para ver a miséria de limpeza que ele faz no banheiro!

Tá quase na hora de ir. Até que ficar perdido tem o seu lado bom (monetariamente falando). Não vou poder esconder de meus pais minha "perdição". Afinal, tô levando o dinheiro de volta!

Você acha que eles vão ficar muito bravos comigo? É que estou levando o Lobo pra casa. Ele não é lobo... É um cachorro "metido a lobo".

Acho que estou "meio" apaixonado pela Rita. Por que não me fizeram mais velho? É culpa dos meus pais, sempre.

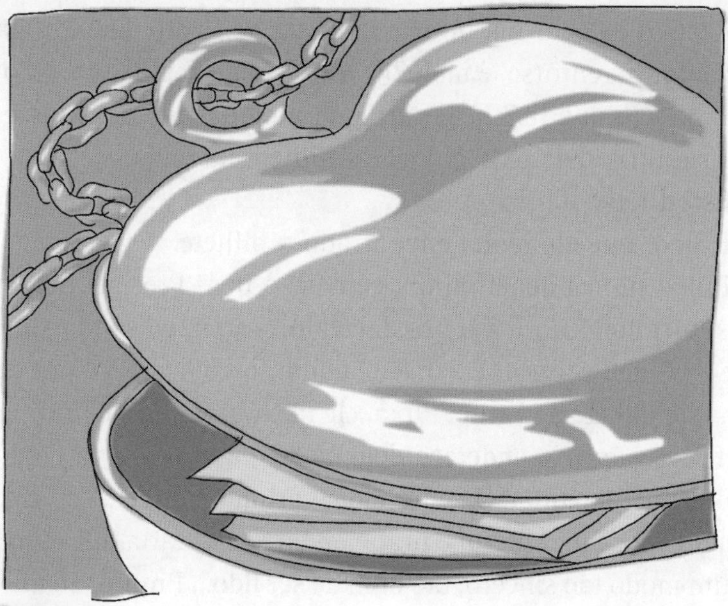

De volta para casa

Querido diário,

Encontrados, enfim.

Devo dizer que sabia que seríamos achados, mais cedo ou mais tarde.

Será que também devo contar que tive um lance legal? É, você pode achar esquisito, fora de propósito, fora de idade, principalmente... Mas à noite, depois de ter apagado a lanterna, eu e o Pedro começamos a conversar sobre nós. Algo mais sério e não os papos furados, as brincadeiras que fizemos. Sei lá, diário, tava um clima, sabe... O luar, as estrelas, o cheiro da noite... Acredita que a gente se deu um beijo? É, um beijo. Acho que foi um beijo meio que de despedida. Sabe, não rolou nada além, porque nem precisaria. Um beijo simples, carinhoso, que falou por tantas coisas!

Resolvi colocar um bilhete na mala do Pedro. Essa droga de perna (outra entorse, é mole?) é que está atrapalhando. Não faz mal. Sabe o que fiz? Pedi para que uma das meninas fosse até o dormitório dele para colocar o bilhete na mala.

Estou feliz, diário.

Espero que ele tenha encontrado o bilhete.

Puxa, nunca achei minha cama tão boa! Precisei ficar dois dias dormindo no mato pra dar valor a uma coisa tão simples que é o meu próprio colchão. Enquanto coloco o pé pra cima, leio este bilhete do Pedro. Puxa, ele não quis se despedir de mim. Preferiu colocar o endereço dele na minha mochila (a perdida). Não dá pra acreditar. O Pedro é um carinha incrível! Vou colar o bilhete dele aqui... Bom, é praticamente uma carta. Ele escreveu de um modo tão sincero, tão bom de ser lido... Pronto. Só que vai ficar dobrado, diário... Sabe como é, a Rebeca vive mexendo nas minhas coisas e isso é gostoso guardar... Pra ler sozinha!

Nem te conto! Sabe que quando o Beto se despediu de mim me abraçou por um tempão? Disse que ficou desesperado com o meu "sumiço"... Não só ele, mas a Débora, a Denise, a Rebeca, a Suzana, o Tito... E as crianças. Tirou a correntinha de prata do pescoço dele e colocou no meu. Eu nem sabia o que dizer. Trocamos endereço. Fiquei de escrever pra ele e ele pra mim.

Sabe, acabo de achar um bilhete dele dentro do coraçãozinho de prata da corrente (descobri que ele abre ao meio!):

Ri, sei que tivemos pouco tempo juntos... Mas que tal nos escrevermos mesmo? Com ou sem compromisso... Te gosto. Beto.

Apesar da letra minúscula e do papel de seda, dobrei com cuidado e prendi com durex ao lado do bilhete do Pedro.

Duas pessoas com idades diferentes, letras diferentes, físico diferente... duas pessoas bárbaras!

Diário, acho que vou gastar muito selo daqui pra frente. Como disse o Beto, com compromisso ou sem nenhum... Quero conhecer melhor as pessoas que tenho encontrado... O Ed também, por exemplo.

Ah, descobri uma coisa: não usei quase nada do mundo de coisas que levei! Morro de rir só de pensar na quantidade de tranqueiras que botei na mala. Bem, os fósforos foram bem úteis!... Assim como a lanterna e o batom. Será que aranha lê????

Sabe que estou ficando muito cansada, diário querido?... O meu pé tá doendo pra burro, mamãe não para de entrar aqui pra ver se estou bem, papai idem, Rebeca está gritando ao telefone, Clark quer brincar e o Rô já gritou que está subindo. Amanhã te conto tudo... Tintim por tintim... Inclusive do Ed, que acabou de telefonar avisando que está vindo pra cá. A Renata já me ligou dizendo que ele está enciumado com o tal do "Pedro"... Quer saber se o Pedro é o instrutor que me paquerou... Que confusão! A Renata disse que ele está superinseguro, com medo de me perder, que sentiu minha falta, etc., etc., etc.

Eu? O resto da minha insegurança eu perdi "na selva". Estou quebrada mas estou feliz!

Daqui a pouco o Ed chega e aí... Bom, aí ele chega, né?

Um beijo, diário.

De volta pra casa... também!

Domingo, 17 de julho. 18:56 – Friozão.

O Lobo não foi bem aceito pelo Meleca, como eu já imaginava. Também não foi bem aceito por meus pais, até que contei que foi por causa do latido dele (em parte) que nós tínhamos sido salvos.

Papai ficou orgulhoso de mim (acho que ele é tão financista quanto eu... Seus olhos brilharam quando viu o cheque de volta!).

Mamãe ficou me abraçando e me chamando de "meu filho" o tempo todo... Como se eu não fosse filho dela!

Contei pra eles tudinho, inclusive o último lance. Foi o lance da Tuca, que, quando se despediu de mim, na descida do ônibus, perguntou se tínhamos namorado ou "ficado". Respondi que "estávamos estando" e que resolveríamos as dúvidas se a gente se visse mais vezes. Ela riu e disse que tinha gostado de mim porque eu era inteligente. Ainda bem. Se tivesse dito "engraçado" ou "médio", eu teria ficado danado.

Demos muita risada juntos das bobagens que levei. Se usei vinte por cento das coisas foi muito. Cara, meus tênis estão em petição de miséria e a roupa "perdida" está absolutamente perdida mesmo.

Depois, com calma, quero saber o que foi que os três (continuo achando que o Meleca está com cara de "fui pra Maceió") fizeram na praia.

Sabe o que achei legal? O bilhete e o endereço que a Rita colocou na minha mala. Diz assim:

Pedro, eu não quero escrever nada que estrague uma amizade (ou sei lá!...) "achada" no meio do mato, a não ser dizer que eu estive em Marte por alguns segundos (ou foram minutos?), encontrei e gostei de alguém parecido comigo. Que bom! Acho que as pessoas de quem a gente também gosta têm de gostar da gente (com piadinhas ou não) do jeito que a gente é.

Um beijo bem doce,

Rita

Dobrei o bilhete da Rita-doce (quem sabe um dia?...) dentro do meu diário pra ir atender o telefone. Deve ser a Tela. Ela já ligou umas quatrocentas e cinco vezes aqui em casa pra saber como é que foi o Vila Feliz. Quer saber se eu descobri o bilhete em código que escreveu pra mim.

Tchau!

Ah, antes que eu me esqueça... Acho que estou amando.

A-MAN-DO. Sacou, cara? Amando a vida!

P.S.: Zeca descobriu no acampamento o que queria dizer o bilhete da Tela. Tradução: Amo você mais do que você pensa!

Oba!

A autora

Arquivo pessoal

Quando pequena, nunca pensei que seria escritora. Lá em Marília, Estado de São Paulo, onde eu ia crescendo e pintando o sete, pensava em ser professora, pintora, artista... Mas não escritora. Fui aluna de intercâmbio nos Estados Unidos, cursei a Faculdade de Letras em Marília, lecionei inglês na rede estadual de ensino em Campinas... Achava que era isso mesmo o que eu queria: dar aulas de inglês para crianças e jovens. Em casa, fazia o que muitos pais curtem fazer: lia histórias para meus três filhos, à noite. De ler, passei a inventar algumas histórias também. No dia seguinte, as crianças pediam que eu contasse a história da noite anterior... E foi aí que tudo começou. Com medo de esquecer, passei então a anotar as histórias inventadas, passando-as a limpo sempre que podia – nunca tive uma letra muito bonita! Quando vi, tinha enchido uns dois cadernos bem grossos. Depois de três anos, em 1987, publiquei o primeiro livro e não parei mais. Em 1989, recebi da APCA o título de "melhor autora" com o livro infantil *Mago Bitu Fadolento*, Edições Loyola. Bem, acabei deixando as aulas de inglês para ficar com os livros de português... Inglês, espanhol, didáticos... Pois é: quem disse que eu precisava deixar o inglês totalmente? Escritor é assim. Ele carrega para dentro da história todos os seus sonhos, o que gostaria de fazer, como gostaria que o mundo fosse... E, se não consegue, pelo menos faz todo mundo sonhar junto. E, quando a gente sonha junto, tanta coisa boa pode acontecer, não é mesmo?

Telma

Entrevista

Agora que você conhece o Pedro e a Rita, que tal conhecer um pouco a "mãe" deles, ou melhor, a autora do livro? Fizemos algumas perguntas a ela. Vamos ver o que respondeu?

NESTE LIVRO HÁ MUITAS GÍRIAS. VOCÊ FAZ ALGUM TIPO DE PESQUISA OU CONVIVE COM ADOLESCENTES PARA MANTER UM VOCABULÁRIO DE ACORDO COM O DELES?

• Nunca fiz nenhuma pesquisa para manter o vocabulário parecido ao dos jovens. Convivo com eles, como autora e boa ouvinte também. Acho que é isso que me mantém falando da mesma forma que os adolescentes.

PARA VOCÊ, O FATO DE ESTE LIVRO APRESENTAR DIFERENTES ESTILOS DE VIDA E TIPOS DE FAMÍLIA AJUDA O LEITOR A TOMAR CONSCIÊNCIA DAS RECENTES MUDANÇAS NA SOCIEDADE?

• Na verdade, gosto de apresentar estilos diferentes de vida. É assim que vivemos, e é importante mostrar que todos têm dificuldades...Uns mais, outros menos.

RITA E PEDRO JÁ APARECERAM EM OUTROS LIVROS. VOCÊ PRETENDE DAR CONTINUIDADE A ESSA AMIZADE QUE SURGIU NO ACAMPAMENTO EM UMA NOVA OBRA? POR QUÊ?

• Gostaria muito de continuar o relacionamento entre a Rita e o Pedro. Mas sempre há uma outra personagem "querendo" aparecer também para contar sua história. Por enquanto, acho que devo dar oportunidade a essas outras personagens que povoam a minha imaginação.

O que você pensa a respeito da divisão entre literatura feita para adultos e literatura para jovens — não só sobre a escolha de temas, mas também sobre o tipo de linguagem empregada?

• Para mim, literatura é literatura, sem divisões. Tenho conhecido tantos pais que lêem os livros dos filhos e estão curtindo essas leituras, que duvido que logo não se use o termo literatura e pronto. Na minha adolescência, havia tão poucos autores... Pulávamos de Monteiro Lobato para Machado de Assis, sem escalas em autores juvenis... Porque não existiam! Hoje em dia, é tão bom compartilhar dos livros dos filhos... Os temas são legais, a linguagem é coloquial e as ilustrações, bem pensadas.

Como funcionava essa história de "ficar" na sua época de adolescente? Hoje mudou muito?

• Na minha época de adolescente, não existia esse "ficar". Para começar um namoro, era preciso papo. E muito. Um ata e não desata que durava mais de mês. Era engraçado e bom ao mesmo tempo. Havia um clima, entende? Não gosto desse "ficar" de hoje. Na minha opinião, mesmo para "ficar" é preciso rolar outra coisa... Uma conversa legal, gostos parecidos... Se não, fica tudo muito banal.

No livro há várias referências a bairros de São Paulo. Você tem uma ligação muito forte com essa cidade?

• Tenho, sim. Meu pai viajava muito para São Paulo, a trabalho. De vez em quando, íamos com ele. Depois, fui conhecendo São Paulo como autora, para autografar em diferentes colégios. Foi aí que visitei vários bairros. Gosto muito da Grande São Paulo, com todos os seus problemas, as soluções, os contrastes. Tudo bem, é violenta, mas também acolhedora. É, realmente, a cidade que nunca dorme (ao contrário de Nova York, que fica deserta depois da meia-noite!).